SERIA UMA SOMBRIA NOITE SECRETA

Raimundo Carrero

SERIA UMA SOMBRIA NOITE SECRETA

CIP-BRASIL. CATALOGAÇÃO-NA-FONTE
SINDICATO NACIONAL DOS EDITORES DE LIVROS, RJ

Carrero, Raimundo, 1947-
C311s Seria uma sombria noite secreta / Raimundo Carrero. – Rio de Janeiro: Record, 2011.

ISBN 978-85-01-09392-9

1. Romance brasileiro. I. Título.

11-1934 CDD: 869.93
CDU: 821.134.3(81)-3

Capa: Carolina Vaz

Texto revisado segundo o novo Acordo Ortográfico da Língua Portuguesa

EDITORA RECORD LTDA.
Rua Argentina 171 - 20921-380 - Rio de Janeiro, RJ - Tel.: 2585-2000

Impresso no Brasil

ISBN 978-85-01-09392-9

Este livro é de Marilena.
Sempre.

A Maria
E dos filhos: Rodrigo e Diego
Elas também: Nina e Nena

It would be a gloomy secret night... *Depois do anoitecer prematuro as lâmpadas amarelas iluminariam, aqui e ali, o quarteirão miserável dos bordéis. Ele faria um trajeto tortuoso ruas acima e abaixo, descrevendo sempre círculos cada vez mais próximos com um tremor de medo e de alegria, até que seus pés o conduzissem subitamente em torno de uma esquina escura. As prostitutas estariam justo naquele momento saindo de suas casas e se aprontando para a noite, bocejando preguiçosamente depois de um sono reparador e enfiando grampos nos cachos de seus cabelos.*

Retrato do artista quando jovem
James Joyce (Tradução de Bernardina da Silveira Pinheiro)

O Brilho

Na noite de um dia sempre quente e quase interminável, Alvarenga estava ali ao pé da escada: na ponta dos pés, a boca aberta, foca gorda e amestrada, a corneta na mão, esperando o peixinho dourado de chocolate. Foi naquele instante que ele conheceu a decepção. Estaria dormindo? Será? Estivera cochilando sentado no meio-fio, exausto, não por causa do cansaço. Um desses cansaços esquisitos que dominam as pessoas empenhadas em resolver conflitos, mesmo os pequenos conflitos: fazer compras, dançar em cima de pontes, plantar bananeira, carregar pacotes, lavar roupas da mulher, cantar enquanto varre a casa, e ainda assim, ainda assim: amar, amar, amar, amar.

Não queria dizer dormi ou cochilei. Até porque não era verdade. Ou não lhe parecia verdade. Não gostaria de cochilar ou dormir. Nunca. Não se dorme enquanto a amada passeia as delícias com outros homens. É preciso estar perto. Por perto, farejando os prazeres, ainda que fosse apenas por mera vigilância. Rachel sua mulher, nunca, jamais, ele sabe, nem ele quer saber. Amava-a. Muito. Um tal amor que até a ausência lhe faria bem. O que pretende sempre é estar ali, ou não, ali ou não? Tocando a corneta para chamar os homens, os verdadeiros homens que a possuíam entre o suor e a pele, enquanto mastigava o peixinho dourado de chocolate.

Não esqueceria nem mesmo quando estivesse caminhando, os pés ligeiros, pelas estradas, empoeiradas, os cães latindo à sua volta, mordendo-lhe os pés já sangrentos, a carne doendo, as rachaduras entre os dedos. Esqueceria também a corneta? De que lhe serviria a corneta? De resto apenas um entulho que guardava entre os panos, na falta de maleta, caminhando, caminhando e caminhando. Mais de uma vez tentou jogar fora. Quis, quis muito. No entanto, sempre esteve com ela, a quem negava um sopro ou um suspiro.

E para que fugir? Hein? Para quê? Bastava-lhe Rachel e nem mais um cisco. Nem mais uma palavra. Nem mais um sonho. Bastava-lhe Rachel, a quem serviria por um naco de pão ou um gole d'água. Andando pelas ruas do Recife, expondo-a? Não houve um tempo, ele jura, em que andou pelas calçadas desiguais carregando uma tabuleta, nas costas e na frente, onde exibia um cartaz de Rachel Welch, enquanto os outros camelôs vendiam ouro. Ouro o dele, sim, ouro o dela. Com certeza. Rachel, Rachel, Rachel.

O brilho da noite? Ele queria dizer. Não falava, nunca conseguia falar. Rachel, o sol da manhã, ele dizia. As palavras suspensas nos olhos arregalados. A boca queria dizer e não dizia. O corpo. Ela era o corpo. E bastava. E, por isso, sem que ela percebesse, escondia-se atrás da cortina para vê-la com outro homem na cama. Ou ela mesma pedia venha, hoje lhe dou licença. Não quer? Venha de qualquer maneira, lhe imponho, lhe ordeno. Ele tinha os lábios trêmulos de menino? Talvez.

As Sombras

1

Uma sombra na parede amarela

Você estava lá? Não podia ter ido, não podia ter saído, não podia ir embora. A surpresa ficou na boca. Assim, suspensa. Toda surpresa é suspensa? Nem devia haver, uma surpresa não devia haver. O olho aceso ali, espiando. Coisa incrível a surpresa. E os olhos mirando, mirando muito bem.

Ela saiu do quarto, bela. Sair do quarto significava: deixar o inferno. Vestida num robe, é aquilo que se chama robe? O robe sobre a camisola, bem claro o robe, e azul, e tinha as pernas longas, longas e macias, não estava preparada para amar, não estava pronta para o amor, ela nunca estava pronta, aquela mulher — o amor ficara para trás, o amor ficou na cama, entre lençóis e travesseiros. E não parou para presenteá-lo. O gesto que ela fazia sempre e que agora ele estava de boca aberta. Aberta e suspensa.

Uma mulher, Rachel era a chama da morte. Fulminante.

As mulheres se transformam em chama da morte quando ficam plenas de encantamento, tomadas pelo crepúsculo. Ele queria pensar, as palavras se formavam, dividido entre mulheres, chamas, morte. Melhor assim, uma palavra pronta, uma frase certeira. Crepúsculo? Sabia disso. Sabia disso repetindo, repetindo, repetindo. Crepúsculo, uma visão inquieta e triste. Plenas, as mulheres plenas. E fascinantes. Sobretudo aquela, na verdade esta mulher que desce a escada, tão leve, uma pluma plena. Uma mulher.

Vinha, ela vinha naquele instante revestida de beleza, uma criatura real e imaginária, uma criatura a quem a noite torna ainda mais misteriosa e mais densa. Mesmo que tivesse de buscar luzes para defini-la. Luzes ou palavras? Sombras. Sempre, sempre diante dela a qualquer momento, mas naquela hora era como se o corpo anunciasse a armadilha de angústia, e que ele nem sabia o nome. Por isso mesmo recorria à sombra. E as sombras se estendiam por todos os cantos da casa, cheia de surpresas.

Então ela abriu a porta.

Nunca mais ela abriria a porta — a porta, sim, a porta é que se abriria, não precisava sequer do toque das mãos. Você não viu, viu? A decepção ali na porta, resfolegando. Caminhou até a escada, segurava de leve, com os dois dedos delicados, delicadíssimos, a seda do robe azul à altura do joelho, robe de azul bem claro, cuja borda teimava em cobrir os pés. Os pequenos pés de Rachel. Pequenos, meigos, encantados. Para sustentar a roupa com os dedos longos precisou baixar a cabeça, mansa, acompanhando os movimentos dos braços e das pernas no começo íngreme da escada. E os cabelos negros, também longos e negros, se soltaram sobre os ombros, pelos ombros — uma mulher toda entregue ao seu prazer e aos prazeres dos olhos.

Era o que costumava chamar de pássaro solitário, as asas abatidas, resplandecente, e ele feliz quando conseguia formular algum pensamento. Pássaro? É assim um pássaro? Um pássaro tem que ser Rachel, cujas asas estão sempre abertas em voo, abatidas e resplandecentes. Abatidas? Nunca entendeu mesmo o que era um pássaro, mas devia ter sempre as asas abatidas em direção ao crepúsculo, encantadoras, porque as pessoas falavam: abatidas. Por algum motivo, porém, era uma ave, uma ave velha, asas abatidas, resplandecentes, voando em direção ao crepúsculo, sangue vivo. A sensação de uma vida inteira. Sempre velha. Elegante, fina, discreta. Não uma velhice comum, a velhice que se encontra nas esquinas, nas ruas desertas ou melancólicas. A velhice que se pretende eterna. Sóbria. Amadurecida e eufórica. Como é que se diz mesmo? Pássaro solitário e ave velha. Tudo a mesma coisa. Tudo uma coisa só. Linda como um pássaro velho. Ave estranha e bela.

Deixar que ele ficasse de boca aberta e suspensa era uma decepção, se chama mesmo decepção?, ali em cima, quando ela desceu a escada, funcionou. É isso, é isso. Alvarenga ficou no chão, na ponta dos pés, bailarino inútil, a cabeça deitada, a boca aberta, os olhos inquietos. A decepção é a mancha de Rachel, não é? Sim, fica a mancha. Ela mesma, a decepção que por muito tempo trava na garganta, feito soluço. Disse mesmo soluço, disse? A decepção corre pelo sangue, agita as dobras dos nervos, e aí ele percebeu que havia o olhar. Só um pouco, só rapidamente, e nunca mais esqueceria que a decepção é a forma ideal do amor. De pé, parado, suando: o que é que significa a forma ideal do amor? É assim que se diz.? Conseguira um pensamento? Seria verdade?

Refeito, não demorou muito tempo para se refazer, sentiu que a dor provocada pelo gesto de Rachel — ela não parou para colocar em sua boca o peixinho dourado de chocolate, e ele já estava na ponta dos pés, tão gordo, todo expectativa, expectativa e paixão, decepção e amor, o sangue inquieto nas veias — deixava-lhe envergonhado. Merecia ficar de boca aberta o resto da noite, todo o resto da noite para que as pessoas o vissem patético. Agora sentia a vontade de se humilhar. Não importa o que venha a ser a humilhação, não importa, restava o insulto de se humilhar. E a dor e a angústia estavam ali, respirando no seu rosto. Bem diante do nariz, da boca, do queixo.

Esperava o gesto, o peixinho dourado na boca, em agradecimento, e o que fez? O que ela fez? Tão encantada nos cabelos negros, negros e longos, iguais às pernas, semelhante às coxas banhadas pelo robe de cetim — cetim? seda? opala? — e semelhante aos dedos das mãos que levantavam o tecido nas pernas, à altura do joelho, e descobriam os pés — aqueles pés cheios de delicadeza, a delicadeza amparada pelas pequenas e leves sandálias. Seriam sandálias? E o que era aquilo que deixava os dedos de fora, e as tiras que cruzavam os pés? Ele podia ver, elas permaneciam expostas. Além das unhas pintadas, um esmalte que combinava com a carne, aliás, com a pele, a pele sutil de quem se veste de lã e pluma. Pássaro e ave.

Por que lhe deixara de boca aberta, esperando o peixinho, na ponta dos pés, expectativa e tensão, a barriga grande, o peito magro as pernas pequenas o desejo, foca treinada?

Pesado, as pernas trêmulas, atônito. Daí que por um triz ela não chutava o rosto de Alvarenga. Jamais devia esquecer — aquela marca no sangue — que Rachel saiu do quarto, desceu a escada, no passo brando de mulher, embora apressada, e não falou com ele. E sem lhe dar a prenda, não podia esquecer, o peixinho dourado. O gesto repetido tantas vezes à noite; e às vezes ao dia. Ele esperara, ele esperara tanto, era assim que ela sabia agradecer e que lhe acostumara. Sempre lhe dava chocolate para agradecer o chamado dos homens. Prostituta de corpo social, ela era. Devia compreender desde cedo, desde muito.

Não, compreender, não. Sem compreender. Mas amando. Amando sempre. Amando mais. Alvarenga tocava a corneta na calçada da pensão e os homens já sabiam que Rachel estava pronta, linda, para a noite de festa. E ela agradecia, sempre e sempre, com o presente de peixinho, que ele esperava com a ansiedade de bicho estimado.

Não devia, era ali que não devia estar para não ser vítima e testemunha da decepção, espantado. Não escutou mais. Nem nada. A radiola nas outras salas sumiu. O som quieto e o ruído do sangue subindo dos pés à cabeça, se alojando nos ouvidos, sempre zunindo, sempre. Alguma coisa a impulsionou, a porta, tinha certeza, a porta se abriu. Alvarenga gritou, gritou para dentro, na alma. O coração quase seguro com as mãos. O desfalecimento escorrendo no sangue. Se pudesse ver-se, ele disse, se pudesse se ver, era só um copo d'água. Por que um copo d'água? Hein? Rachel ria, gostava de ouvir. Um copo d'água? Talvez menos. Um homem devastado pela ansiedade e pela dor.

O que era? Só mais tarde, sentado no meio-fio com ela, a conversa fria da madrugada, do amanhecer, soube que Rachel — não tivesse mágoa, não guardasse decepção, nem rancor, ouvia, sim —, no instante da enlevação, corpos nus, sentiu o toque do sexo se aproximando, quase começando o amor, aquele amor de carne e carne, abraçados, a veia sangrando, a busca da fenda e os pelos, ia começar mesmo naquele instante, a mulher ouviu o apito do homem do doce de alfenim cruzando a noite. Bobagem. Que bobagem. Ele confirmou, entendeu esforçado, tem razão. Quem mandou o homem do alfenim tocar justo naquele instante? Naquela hora? No instante exato? Quem mandou? Ficou arrepiado, ele ficou mesmo arrepiado. Acreditava? Alfenim, repetiu, alfenim, a palavra descendo na baba. Você largou o homem, a cama, os lençóis, assim?

Era o que ela queria, o doce que mais ansiava, sonhos e lembranças, o dia inteiro na espera, o dia inteiro, sentiu o sabor nos lábios, na boca, na saliva. Era certo, não havia pensado no homem, não cabia, não era hora. Num salto já estava se livrando dele, que viera de corpo leve, lábios próximos dos lábios. Não percebeu quando ele se esparramou no colchão, talvez tivesse gritado, ela não tinha ouvidos. Naquela hora, não, naquela hora ela não tinha ouvidos. O homem do doce poderia sumir, ir embora. Rachel soltou os pés e, de verdade, nem percebeu a escada. Não havia percebido Alvarenga. Capaz? Inacreditável. Rachel via no rosto dele um sinal que se esforçava para decifrar: um riso, um sorriso, uma gargalhada?

Queria explicar, ela queria explicar, o pássaro velho e gasto, queria dizer que esquecesse, estava bem, pedia desculpa, mas não a olhasse, não com a boca torta.

Gaguejava um pouco, apenas um pouco, a palavra partida ao meio, e depois continuada, partida e continuada, não, não ia perder a chance, o doce entre os dedos lambuzando. Deixou o homem na cama, a pele arrepiada, nu e nua, ou quase, somente de calcinha na rua. Grandes, grandes eram os seios de Rachel, asas abatidas, agarrados na pele branca, rechonchudos. Alvarenga, não; Alvarenga não via. E moles, os peitos grandes, rechonchudos e moles de Rachel. Os peitos grandes que se espremiam entre o busto e os joelhos, enquanto conversavam no meio-fio, apertados pelos braços. Essa era a mania de Rachel, às vezes nem trazia o robe, quando a noite terminava, para uma conversa no momento em que as primeiras luzes do dia se moviam.

Depois a mulher voltou à pensão, ao quarto, para dormir, desconfiando que o riso de Alvarenga a acompanhava. Aquele riso, nunca mais queria pensar naquilo. Qualquer pessoa podia rir dela, qualquer um, ele não, não. Ridícula, estúpida, grosseira. Aquilo era um riso? De verdade era um riso? Escondeu a cabeça embaixo do travesseiro. Perguntava o que aquele rosto imenso fazia ali, um rosto de olhos cruzados, a boca rindo, perto, parece que deitada na cama.

E ele só, apenas só, ainda sentado na calçada, soprando a corneta, imitando o sopro no bocal, feito criança que se enfeitiça com os lábios. Era brincadeira, pequeno som borbulhante, sem necessidade, sem necessidade própria, vontade, sem chamar homens, sem função, teria também que dormir, os olhos na lembrança de Rachel, tão bela e misteriosa, descendo as escadas protegendo os pés pequenos, as tiras das sandálias, a doce Rachel. Não devia estar ao pé da escada, não devia estar tocando, mesmo de brincadeira. Não, de brincadeira, sim. Ela também brincava. Devia ter sido brincadeira.

Ela podia ir embora. Até devia. Nem se importaria se corresse, sumisse. A ausência também é prazer, hein?

Agora sentia um tremor nas carnes: podia confessar — ser esquecido por Rachel era também uma forma de felicidade. Queria estar feliz porque fora esquecido. Uma descoberta inquietante: até mesmo a ausência lhe provocava alegria. Era isso. Mais, mais ainda, se ela lhe esquecesse para sempre, para o nunca mais, ainda assim era felicidade. Tudo, absolutamente tudo lhe causava prazer. Inclusive a ausência.

É assim, não é?

Entrou também para dormir. E nem sequer tinha um quarto. Afastou a banca do jogo do bicho, deitou-se encostado entre a parede e o móvel, na entrada da pensão, ao pé da escada. Retirou o lençol que lhe servia de cama, embrulhando o travesseiro, sem saber de onde viera o travesseiro, tão antigo, tão velho, pouco importa, pouco, e se não tivesse um travesseiro também não sentiria falta. Estar ali, vigilante, guardando-a, estar ali sempre, e apenas isso. Sem lençol, sem travesseiro, sem nada. Sem ela, sim, sem ela. Para amá-la não precisava sequer da presença. Nada já era muito. Muitíssimo. Ainda que ela tivesse ido embora, que dissesse para não acompanhá-la, zangada, aquele pássaro de asas abatidas, pedindo que não viesse nunca mais, a ave velha, velha e gasta — que diferença faz? —, ainda assim, só pelo prazer de cumprir o pedido, ir e não voltar, ainda assim, mesmo, seria imensamente feliz, e ficaria guardando a ausência. Sem dúvida.

Podia deixá-la sozinha, abandonada e empobrecida, e se isso fosse razão de amor não precisava estar por perto, ainda que lhe faltassem pernas no susto, na surpresa e na decepção. E na humilhação.

Era uma forma, era uma forma de existir, não é? Deixando-se levar pelo silêncio, pelo absoluto silêncio de uma sombra, de uma sombra que significava muito, menos do que uma sombra, e menos do que uma sombra e muito menos do que o silêncio, bem menos do que o silêncio, a sombra, ele se encolhia cobrindo o corpo com o lençol velho e amassado, a sombra significava estar ali, o tempo todo. Talvez menos do que uma sombra, muito menos do que uma sombra, nulo. Sabendo que a noite insinuava-se nos seios, no corpo, nas curvas de Rachel? O que é que se diz? O que é que se diz mesmo, num momento desses? E que lhe importavam o corpo, os seios, as curvas?

Puxou o lençol ainda até o queixo. Mais agasalhado na mulher do que se agasalhando. Sem o desejo de entender nada. Não queria entender. E quando queria, que nem era sempre, a cabeça doía. Ficasse assim, que ficasse. Até porque não compreendia, não entendia. E seria melhor nada entender? Nem sentir? Já lhe bastava, já lhe bastava a solidão, a solidão que agora mesmo se escondia no improviso de quarto, e por que um quarto? Que lhe interessava ter um quarto? Se lhe pedissem, seria capaz de dormir embaixo da cama, junto das sandálias de Rachel? Tão boas as sandálias, tão boas para proteger os pezinhos. E se pudesse, se lhe fosse permitido, gostaria de sentir. Estaria bem naquele canto. Apenas espremido entre a parede e a banca de jogo de bicho. Para que sentir, não é? Sentir é o quê? Não ia perguntar a Rachel. De forma alguma. Sentir é assim, assim.

Deitou-se. As mãos cruzadas sobre a barriga gorda, a corneta ao lado. Inventava um sorriso. E, cobertos pelas pálpebras, os olhos brilhosos. Brilhosos, às vezes; de novo opacos. Nem se vê. Nem se via. Nem em sonho nem em vida. Sem explicação, está bem? O silêncio ele sabe o que é. A sombra ele sabe o que é. Explicar, bem, explicar ele pergunta depois a Rachel. Ela explica? E sentir? Ela explica o que é sentir? Riu, os lábios arrastados, um dia ia aprender o que é sentir. Talvez fosse desprezo, porque ele sentia desprezo todos os dias nos olhos da companheira. Então era isso: sentir era desprezar, vê-lo como quem vê um resto de gente, e de trazê-lo para bem perto, com aquele jeito de pedir que ele se deitasse junto dela, na tarde vagabunda da pensão, para acarinhá-lo. Sentir era estar perto, quem sabe, não é? Estava bem, era possível que, ao acordar, ela já não estivesse mais no quarto. Ia embora com o doce debaixo do braço.

Aquela seria uma noite de luta — pensou. Uma luta de sangue com o pássaro solitário ou com a ave velha. Tanto faz.

O dia surgindo nos telhados e nas esquinas, nas cúpulas das igrejas e nas praças. Nas casas e nos sobrados. Ninguém precisa olhar. É eterno. Não parece o sol, apenas luz brotando sozinha. Conquista as sombras, desfazendo-as, vencendo-se, suave, lenta, avançando na maneira de chegar sem assombro. Junto com o vento, vem com esse vento, ou brisa?, que se revela cheio de ternura e de encantamento. Descobre os telhados irregulares, assimétricos, desordenados, telha sobre telha, uma calha caindo, o parapeito torto.

Dessa luz que nasce do mar, dos rios, dos canais. Vem das águas e se espalha no bairro do Recife. Uma parede amarela com a iluminação caindo de cima para baixo, em vertigem vertical, com aquelas sombras que não se evitam; ou uma parede onde o azul se desenha, cheia de alumbramento pela beleza sóbria, sóbria e sombria, triste e solitária. A tristeza da desolação que se verga sobre frontispícios e janelões. Daquela espécie de tristeza que tem muito de pranto soluçado e esquecido. A beleza elegante, fina, sutil, estendendo-se no calçamento irregular, pesadas pedras portuguesas, cal e ferro, paralelepípedos. Pedras que se desenham azuis, escurecidas, pisadas na distância de séculos e de tempos.

E a luz vai se arrastando com a breve calmaria das portas, pesadas e densas, já fechadas ou ainda quase abertas. Levemente abertas, exibindo uma espécie de segredo agora transformado em sombras e cochichos, de confessionários; palavras em negro em que se adivinham pecados, horrores e mágoas ditas sob véus e mantilhas, e que não se espalham, nunca se espalham, não chegam às ruas, impedidas pelos vitrais de santos e mártires, sinais de prantos chegados com as primeiras luzes, as lágrimas se escondendo do mundo, dores que se arrastam para o fogo eterno, almas ardentes; altares imensos, ornamentados, cheios de ouro e prata, toalhas bordadas de cambraia, brim ou linho, puro linho branco, quase intocados, virgens, detalhadas de vermelho, raros azuis, quase nunca amarelos, incapazes de testemunhar a nascente do dia, da manhã. Agora a luz avançava sobre o mar, as ondas, as areias. A noite enfim pacificada.

A cidade ali, no bairro, encontrando-se e desencontrando-se no silêncio e no barulho. Enfurnando-se na marinha e, um pouco adiante, no mundo do açúcar com cheiros e sabores estranhos. Esse cheiro mesmo que dava um ar adocicado à manhã, nem sempre à tarde, mas à noite era uma espécie de presença permanente, invisível. Mesmo quando os armazéns, os grandes armazéns, em fileiras, estavam fechados. Os caminhões, as carretas, chegando para apanhar os sacos, aqueles sacos escuros, pegajosos. Pura riqueza. E era um pouco ali, bem depois, que o mar ia se adensando, tornando-se negro, mesmo quando havia lua, as ondas subindo para as voltas brancas. Escuro e branco. A imensa noite do mar.

Ele andava pela calçada naquele passo de quem parecia apressado e não chegava. Não chegaria nunca. Pensava que o nunca é um dia jamais. Um dia e uma noite. Noite, repetia, noite, e repetia a noite, sabe? Testemunha do mundo que se esconde, que se mostra nesses raios de luz, desses fiapos que vão se alargando até se completar em plenitude. Largara o posto na entrada da pensão para comprar os doces de Rachel, tanto ela desejava comê-los enquanto praticava as ousadias da cama, sempre a pedido dos cavalheiros, senhores cavalheiros, não ia negar, nem que fosse para passar um dia com os pés no telhado. Por dentro. Não se sentia seguro enquanto permanecia distante, firme, quieto, a corneta encostada nos lábios. Um instante, não passava de um instante, e já estava no chão embolando. Na sacudidela quase quebra o pescoço, na próxima vez pediria sejam mais cuidadosos, havia necessidade de tanta força? Laçado, fora laçado. Agora compreendia. A corda nem fizera curvas, caíra direto na cintura — ou era no pescoço, quem sabe lá? —, depois de passar pela cabeça e pelos ombros sem um toque sequer.

Agora percebia: a corda entrara pela cabeça mas ficara em parte no pescoço, e outra parte descera até a cintura, por debaixo do braço. Só tinha uma certeza, porém: estava laçado. E gritava laço, laço, laço. A palavra fofa, salivada, babando. Ainda tropeçou em si mesmo. Tentou o equilíbrio. O corpo arrastado. Bem não fizera em sair para comprar os doces de Rachel. E até desejava, no mais íntimo segredo, ela desejava pedir que não, àquela hora aconteciam coisas, não, iriam acontecer coisas, que coisas?, coisas eu sei, coisas que acontecem, ele não fosse. Pudera, não dizia nunca essas coisas a ela. Sempre aconteciam coisas, aconteceram coisas, e outras coisas nem aconteciam, ele via coisas. Sempre queria explicar, explicar, explicar. Ninguém entendia. Ouviu até uma palavra vergonhosa: delírio. Diziam assim é delírio. Outras pessoas, outras gentes, e ele dizia não é, eu vejo, eu estou vendo, olha ali, olha bem ali, e o que mais incomodava era o sorriso irônico no rosto. Todas as pessoas tinham um sorriso no rosto.

Entender? Por que entender essa coisa tão difícil? Não vejo coisas, não vejo coisas, elas estão aí, mas que coisas? Nunca sabia dizer que coisas eram. Detestava explicar que coisas eram. E as pessoas falavam até para irritá-lo, até para preocupá-lo. Só vejo Rachel, ele insistia, só vejo Rachel, este pássaro solitário ou essa ave velha. Não é tudo assim? Não é, não? Por que as pessoas negavam? Olhassem para ela, só olhassem, vendo bem, não era isso? Era isso. Todos sabiam que ela era isso, só não queriam acreditar. O rosto leve, a boca pacífica, os lábios quietos. E quando andava estendia as grandes pernas, grandes pernas de ave que vai em direção ao maravilhoso, como quem caminha para o crepúsculo. Uma mulher em busca de sua velhice, bem perto, juntando cabelos brancos e pele enrugada. E ele sentia vibrar o coração, a carne, o sangue. Sentir era assim?

Agora a certeza de quem vê cavalos voando.

2

O susto chega no calor da tarde

Eu vi um olho, ele disse. Um olho? Alvarenga estava falando. Quando conversava, falando, repetindo, era só uma agonia, agoniosa ela se via perdida nos corredores. Ou pensando? Pensa, muitas vezes pensa, assim: um olho. Andava pelos cantos da casa, apontando um olho. Então ele vira um olho. Olho, olho, olho. Talvez fosse melhor tocar corneta. Olho. Brincasse no jardim. Olho. Como era que ele falava. Olho. Um homem, aquele Alvarenga, cheio de monotonia na voz. Com aquele jeito de viver, expondo-se ao mundo, sempre bem-vestido, sem exigir, sem pedir, se emprestando. E agora com medo, era possível perceber em cada um dos seus movimentos. Falava, o tempo todo falava. Uma espécie de ladainha lastimosa. Na voz e nos gestos. Rachel também queria dizer. Olho. Começava a rir, começava, e as pessoas nem se incomodavam mais. Ela também ria. Mostrava a boca de bons dentes claros. Usava apenas os cabelos negros puxados para trás, seguros pela piranha aqui perto da nuca. A camiseta branca, sem mangas, à mostra os seios, até o umbigo, braços nus. Saindo do banho não estaria mais saudável.

Não gostava de repetir, de vê-lo caminhando pelos corredores da pensão, às vezes na praça, falando na calçada, circulando. Olho. A boca cheia, as palavras cheias, os gestos cheios. Olho, olho. Ouvia Alvarenga repetindo a palavra quando varria o quarto, arrumava a cama, ajeitava o travesseiro. Ele gesticulava. Ou se sentava no canto da sala e repetia olho, olho, olho. Mas nunca esquecia a corneta. O gesto cortês de convidar os homens. De chamá-los para o corpo social. Tocava ainda com mais sentimento, com muito mais sentimento, para que cada um ouvisse de acordo com o seu sentimento, de acordo com o seu sangue, de acordo com suas sensações. Cada um a seu modo. Ouviu um dia ele falando em sentimentos, era sério, ele perguntava e ela virava o rosto para não ouvir.

Se ele viu um olho, então ela também viu. E diria com afeto que todo mundo via. Estava decidido, falaria por ele, que não sabia falar, talvez entendesse. Ela havia visto, seria testemunha, então falaria. Começaria logo. Ele havia visto um olho. Todas as pessoas viam um olho. Os olhos.

Mas não era um olho sem rosto, era não. Talvez fique melhor assim. Talvez, quem sabe. Era olho de gente, numa face de gente. Dois olhos entre um nariz, a testa em cima e a boca embaixo, está entendendo? Soltava as palavras e batia ansioso com a mão no braço da cadeira. Não, não, ela podia explicar. Tinha de explicar vezes sem fim. Não era um doente assim no dizer das pessoas. Com problemas de nascença. Nasceu bom, inteiro, e aconteceu aquilo. Só depois. Só depois que era um menino enfrentando os olhos da cidade.

Vestia-se severo: camisa de manga comprida, sempre bem engomada, calça com o vinco bem-feito, meias e sapatos. Sapatos velhos, furados, sapatos. Um homem com o orgulho exposto na cara. Ele gostava de dizer a palavra cara. E gostava de dizer orgulho. Gostava-se, gostava muito de si mesmo, ainda quando estivesse varrendo o terraço imundo. Jogando o lixo fora: maçãs podres, mangas podres, bananas podres. A dignidade nos ombros, na cabeça, no andar. Ninguém faria aquele trabalho com tanta justeza.

E vira um olho. Um olho vivo, negro, forte. Um olho num rosto, num corpo. Depois foram muitos olhos. Foram se multiplicando. Apareciam em todos os lugares. Assim talvez eu possa ficar mais calmo, mais tranquilo. O certo é que estava ali, bem ali. Ia entrando na loja e vi. Nunca vou perguntar se alguém acredita em mim. Ou não. Isso não se pergunta porque a resposta é sempre a mesma. Então, paciência. Ele diria sempre, com todas as letras. Queria também não acreditar. Faz um esforço enorme. Foi sem querer. Movia a cabeça e o olho surgia. Por que fui olhar naquela direção? Que fizera? Apressava o passo, saía de perto, andava, caminhava. E eis o olho. Quero explicar: não o mesmo olho. Não o mesmo olho da mesma cabeça e do mesmo rosto. Não é assim. Um olho de outra cabeça e de outro rosto. Mesmo assim, olho. Precisa explicar, precisa?

Estava andando, fiz empenho para atravessar a ponte — sabe o que é atravessar uma ponte? Não é só andar, não, tem mais coisas —, e fui andando, aí me virei para a esquina, no momento mesmo em que pisava na calçada da loja, e quem estava lá? Inteiro, assim como estou contando: o olho. Ele próprio, ele vivo — o olho. Você sabe o que é um olho, não sabe? Achei interessante. Muito interessante. Eu vi e esperei que desse algum sinal de simpatia. Não deu. E era um olho duro, pesado. E não parado. Tão logo me viu começou a andar. Sim, andava, mas não era sozinho. Não estava andando sem pernas e sem braços. De forma alguma. Andava rápido. Muito rápido. Parecia dizer eu estou aqui, você está me vendo, não está?, me veja. O olho implorava para ser visto. Tem dessas coisas interessantes na terra, não tem? Um olho assim andando, pedindo para ser olhado, exigindo. E, no entanto, eu olhava e o olho saía do lugar. Sorri. Ele não sorriu. O olho disparou e sumiu.

O susto só vem remoto, muito depois. Quando mais nada acontece. Tempos passados, dias, semanas, meses. É desse jeito, entende? Mas também se assusta. Quando a gente para a fim de descansar. É possível. E vem a lembrança. Toda lembrança é assim — meio lerda. Nem se sabe mesmo se está lembrando. Ela chega. Vem espichando, espichando, na névoa, a lembrança vem espichando. Porque só depois é que a gente percebe o perigo que correu. Preste atenção, não esconda os ouvidos, seja afoito, só depois é que se lembra do perigo. E com o perigo, o susto? Que foi que eu fiz? Havia um bote, havia um bote que pode ser de cobra, onça, ou gato do mato. De qualquer um, mas o bote está armado. Escondido na moita. É um susto, meu Deus, é um susto tão grande saber que está lembrando.

Lembrando-se de uma coisa que não se quer. De olho, por exemplo. Não sei se é exemplo. Exemplo é isso? Deve ser. Ou coisa parecida. Sentado junto à parede e lembrando. Não quero me lembrar do que estou lembrando — e lembrando. Com essa revolta íntima do que se lembra, do que não se quer lembrar. Tanto que eu não queria essa coisa e não consigo, nunca consigo o que quero. Me lembrar para ver melhor. É assim. Voltei a olhar, voltei-me. Quer dizer, tinha dado mais um passo, ou dois, e me lembrei de olhar. Isso: olhar o olho. Pode ser até que não fosse um olho. Um olho para mim. Um olho sem direção. Não é assim, não é? Não fiz esforço. Só girei a cabeça. Num instante.

E aí o olho desapareceu. Era o olho de uma pessoa. Já não da mesma pessoa. Havia uma procissão de olhos. Assim que via um, o outro desaparecia. E reaparecia. Não o mesmo, não era o mesmo. Muitos. Todos ali em desfile. Ou em procissão. Isto é, de pessoas que chegavam e saíam, desapareciam apressadas, dobravam na curva, na primeira curva. Sempre assim. Olho de gente a gente sabe que é olho de gente. Não precisa nem insistir nisso. De gente que some, desaparece. Eu vi o olho. Posso garantir que era de gente, com direito a corpo, rosto, ombros e tudo. É assim. Basta saber.

Ele devia repetir, repetir sempre. É possível que não conseguisse. Para que Rachel contasse. Para que ela dissesse tudo como foi. Ela dizia, contava. Ele só confirmava se sim ou se não. Nunca disse não, só dizia, sim. Conte a história, ele dizia, conte porque você sabe mesmo sem ter visto.

O sol começou a se arrastar no chão, os pontos de luz se abrindo e a sensação de que a vida crescia na brisa. O vento brando do amanhecer, desse vento que dá vontade de abraçar-se, de se abraçar, com um gosto de mar, com um gosto de maresia, um gosto de beijar. De muito beijar. Dali não podia vê-lo. No entanto, o gosto das águas salgadas batendo, ou parecendo bater, nos lábios. Ele se viu sem controle. A primeira sensação era de que estava perdendo o controle do corpo. Tem isso? Tem isso mesmo de perder o controle do corpo? Uma coisa por demais esquisita. Uma descida para os infernos. Um homem desce para os infernos, ainda de corpo e tudo? De um golpe os homens — seriam homens de verdade? Como ele sabia? — estavam todos ali, todos. Gritando, batendo, embrulhando. O barulho intenso. Só se lembra, não se lembra, quer se lembrar. Não teve tempo de ver rostos e olhos, não teve.

Foi por isso que perdeu o controle do corpo.

Os olhos fechados não esquecem. Tudo tão rápido. Tão imediatamente. Deslocado no chão árido, chão de ferro. Um bicho amarrado num saco, em sacos, panos de sacos, da cabeça aos pés. O cheiro incrível de cachorros molhados, fezes de cachorro, urina de cachorro, umidade e frio. E latidos, sobretudo os latidos; e os grunhidos, os grunhidos que se instalaram ali dentro cheios de agonia. Não sabia o que era, não sabia o que estava acontecendo. Os doces de Rachel se desmanchando nas mãos. Ela sairia da cama outra vez para descer correndo a escada da pensão no fulgor da chama da morte? Entre o medo e a beleza, sabe que não deve reclamar. Reclamar? Latia, ele também; grunhia, ele também; urinava, ele também. Os músculos tensos não se acalmavam e sentia a velocidade do caminhão correndo em solavancos, freadas, mudanças no ronco do motor. Nem se perguntou aonde iam.

As coisas aconteciam, coisas acontecem.

Os homens cheiravam a cachorro, sentiu, porque estava sendo levado, em princípio nos braços, e depois num carro de mão — ele não via, suspeitava, era levado para o canil dos fundos da área onde eram ignorados os cães vadios, e os não vadios, tanto faz. Ignorados no começo, depois assassinados, os cães. A pauladas, os cães sempre eram assassinados a pauladas, embora existissem as formas requintadas. Requintadas, Rachel, você fica assim dizendo requintadas? É tão engraçado. Requintada é o quê? Houve um tempo em que conheceu requinta? Sabe o que é requinta? Ele conheceu requinta na banda de música, quando aprendeu a tocar corneta. Só corneta. Não conseguiu nem solfejar. Umas poucas notas musicais. Tentou trompete. Nada, também nada. O maestro elogiou que coisa curiosa, você tem um sopro tão bonito. Pena que só vai tocar corneta. Bombardino, lhe disseram, mas nem conseguia pegar mesmo no bombardino. Aquele troço cheio de curvas, de pistões, parecia uma montanha metálica.

Era que todas as tardes, vindo de um lugar qualquer, passava pela sede da banda. Ainda um tempo prematuro, em que a maioria dos meninos — e dos adultos, mais adultos que meninos — tentava solfejar, aquela coisa monótona e irritante, batendo com os dedos na tábua, insistentes, naquela hora em que a tarde, mais do que triste e quieta, se mostrava mansa e preguiçosa. Feito fosse sempre depois do almoço. Sempre sestas. Sem ventos, nenhum vento. Sentia uma indiferença provocante. Até o dia em que entrou. Não, não era para a banda que queria entrar, não. Queria sentar-se, cansado. Sempre estava cansado. Até que se afirmou você não está cansado, está enfadado. Assim enfadado entrou na sala e se sentou no banco. Bem no banco da frente. Os meninos tentavam dizer um dó, um si — dó, ré, mi, fá —, uma frase — depois conheceu uma frase musical, o maestro dizia e ele aprendeu muitas palavras. A nota, o compasso, a melodia — não, a melodia, não, ainda não havia melodia. Mesmo naqueles rapazes e homens lá atrás, depois dos bancos, que procuravam as partituras. E o maestro veio e lhe deu o caderno, a arte, disse, chama-se arte, e se você aprender vai ser músico, você quer? Músico, respondeu. É possível que tivesse entendido, músico quer.

Vieram, então, os dias de sacrifício. O empenho da alma e do sangue, a solidão das lágrimas. A incrível solidão das lágrimas quando queria dizer dó e esquecia o nome. Não sabia dizer dó, sabia que aquele sinal ali na arte, uma bolinha branca, tinha um nome, procurava-o, procurava o nome e só sabia enforcar o som na garganta. Seria capaz de dizer bolinha branca, mas não o dó. Bolinha branca com muito esforço. Às vezes o maestro dizia é dó, meu filho, é dó, não é bolinha branca, você entende, não entende? Alvarenga levantava a cabeça e os olhos, possuído dessa dor estranha que ficava circulando nas veias, para vê-lo e agradecer obrigado. A palavra, também, a palavra, era uma desgraça, não vinha. A palavra não vinha. Permanecia quieto diante dos papéis, parado, o pescoço intumescido, o peito inchado, raiva e solidão. Quando, por um desses acasos do destino, soprou uma corneta, encantou-se, ele mesmo, com aquilo que sugeriam sons. O que teria acontecido? O que terá acontecido, meu Deus? Escutou o maestro assoviando, ele assoviava, e era o som, ao mesmo tempo estranho e caótico, que tirava no instrumento. Existia? Aquilo existia? E se não existia por que o homem assoviava dois, três, quatro sons que conseguia, semelhante a notas soltas que, confusamente, formavam uma frase musical. Foi quando aprendeu aquilo: uma frase musical. Agora Alvarenga, o corneteiro.

Tempos depois, tantos tempos, tocou para as noites de prazer, as noites do corpo social.

Naquele dia, não, naquela noite, naquela remota madrugava em que se sujeitou aos prazeres longe da pensão, estava no primeiro andar, esperando o lanche, quando os homens da carrocinha pararam. Pararam e desceram com um saco de cachorros, só sabe que eram cachorros porque latiam, latiam muito — cachorros assassinados, ali, entre pauladas e pauladas, eu vi. E vi que me viam. Talvez um olho, talvez dois, talvez muitos ou poucos, intensos, negros e intensos. Naquela remota noite, sem querer, assistiu ao assassinato dos cães, não foi sequer difícil ver que o sangue molhava os sacos. Foi visto? Eu fui visto? É possível. E quando me espiaram já conduziam os olhos da perseguição, aparecendo em todos os lugares, sumindo, sumindo e aparecendo, perversos e fugazes. Os homens viram em mim o cachorro também. Desses que vão para o canil na carrocinha. Os cães que vão morrer te saúdam, tem certeza que ouviu, também dizendo os cães que morrem te saúdam, no íntimo da alma insistindo os cães e os homens assassinados te saúdam quem? Os perversos, os criminosos, os assassinos. Nenhuma mulher apareceu na rua. Nenhuma daquelas mulheres apareceu. Escondidas, parecia. Escondidas estavam.

Foi retirado do saco, ou dos panos de sacos, para que se ajustasse no pequeno espaço com grades, bacias sujas e um possível cocho para comidas. Um dia talvez, um dia teria, um dia talvez teria uma refeição. Era como ouvia a leve gagueira de Rachel, também talvez ela dizendo que nunca esquecia, nunca esqueceria, não, nunca ia esquecer, não esquecia nunca o que fizeram com ele, estava lhe falando, era verdade que tinha uma lágrima no olho?, tudo é olho, tudo é olho, tudo é olho, choraria, sim, Rachel choraria por ele, a lágrima suspensa no cílio?, nunca o esqueceria, Alvarenga adoraria ouvir, não esqueceria nunca o que fizeram com ele, se ainda tivesse vida para escutar. As refeições ralas e raras existem? Sentado nas pernas, nem viu os homens, e como sabe, homens?, os homens não lhe disseram nada, o dia clareava inteiro, permaneceu assim no meio corpo, as mãos no chão, o peito erguido, a baba escorrendo nos lábios. Só faltava latir.

Latiam, os outros cães latiam, mas o pior era o cheiro de urina e de excrementos, um cocho atirado no chão, cheio de água e de restos de comida, comida esfarelada, feito aquela que recebia da mãe, muitas vezes, na hora do almoço, voltando do colégio, nem muitas vezes gostava de comer. Embora com algum esforço, recordava-se, e recordar parecia um castigo, tão doloroso e brutal se mostrava, recordar aquele dia — por que aquele dia? Aquele dia? Aquele dia? — em que conheceu Rachel, pelos caprichos do destino. Desprotegida e fatídica, tinha tanto prazer nessas palavras que elas vinham sempre, sempre. Ou vinham e traziam a lembrança da menina andando com os livros sobre os peitos, ou a lembrança aparecia na frente e vinha e trazia as palavras, as duas: desprotegida e fatídica. Só depois, só muito depois é que aprendeu a amar a surpresa. E a surpresa, seja sincero, não era nem por causa da palavra em si, a palavra mesma, escrita e gravada na madeira, a surpresa era Rachel descendo as escadas, pássaro solitário, dos dedos, longos e leves, segurando o robe macio para levantar a borda que cobria os pés, os pezinhos de Rachel, ave velha e gasta, qualquer coisa de trágico tinha as duas lembranças: uma que andava pelas ruas, de farda, rumo ao colégio, e outra, esta de agora, esta d'agora, a fina mulher alta e elegante, que descia a escada da zona pisando nas sandálias delicadas. Diferentes, tão diferentes, as sandálias e os sapatos. Os sapatos, que sapatos, quem diria, os sapatos. De onde vinha essa lembrança? Não estava programada? Nem valia. Não se podia juntar, ele sabe que não podiam juntar, as sandálias e os sapatos? Como não se podia? As sandálias, os sapatos e a surpresa. Surpresa de sandálias e surpresa de sapatos. Os deles, agora, onde estavam? Não sabe, não agora. Terá de procurá-los no lixo. Nos monturos. Não foi assim? Não foi assim que a mãe encontrou aqueles outros sapatos, aqueles do passado; que vinham fazer agora na minha lembrança? A mãe os encontrou e trouxe. Toda vaidosa. Vaidosa e feliz.

Sabe o que é brilho no olho de mãe, não sabe? Aquele brilho de orgulho? Só porque o filho está usando sapato novo?

Aquele era um sapato preto, formal, de cadarços, disseram até cromo alemão, buraco na sola do pé direito, deve ter ido a muita reunião importante. Era agora um menino que andava de sapato social, severo, que ia à escola com ele. Tanta gente olhando, tanta gente: os colegas de escola, os professores, os padres, as famílias. E ninguém, ninguém mesmo dizia nada. Viam aquele menino passando para as aulas, livros e cadernos debaixo do braço direito, e o sapato imenso, grande, quase cabendo os dois num só. Caminhava e caminhava. Entrava na sala e faziam silêncio. Os professores pareciam incomodados porque ele se sentava na primeira fila, discreto, era tão discreto, mesmo que os sapatos ficassem expostos nos pés pequenos, iguais a seus pés não lhe pertencessem. Sapato, sapato; pé, pé; uma coisa nada tem a ver com a outra. Bastava que as pessoas percebessem que ele tinha um sapato. Sem graxa, perdendo a cor. Sapato também envelhece, sabia?, perde o viço feito gente.

Durante muito tempo usou o sapato folgado demais para seus pés de menino, sapato de gente adulta, que ele via a mãe orgulhosa, o peito estufado, olhando. E de novo, sempre, emocionado, repetindo. Não vai falar do brilho nos olhos da mãe, vai? Sabe o que é brilho nos olhos da mãe, não sabe? Aquele orgulho de brilho e felicidade?

Ela, a mãe, essa senhora distinta, espiando com os olhos brilhosos, e tinha aquele hábito, Rachel conhece, o hábito antigo de dizer baixo, no entre lábios, Alvarinho. Ela dizia quando estava dormindo ou quando saía para a escola — colégio? —, encostada na porta, só com o ombro, que também não desleixava a elegância, Alvarinho. Não soletrava. Não. Só dizia Alvarinho, ele fingia dormir, e puxava o lençol até os ombros, ou espiava de longe. Uma mãe, não é? Uma mãe.

Nem ninguém incomodava. Porque as pessoas, ele via e compreendia, tinham por ele aquele respeito secreto de quem esconde um sorriso nos lábios — sempre sorriso, sempre, feito os sorrisos, antes dos olhos, o acompanhassem pelas calçadas, a qualquer momento podiam soltar uma gargalhada, e permaneciam em silêncio. Se via um lorde e dizia lorde, lorde, lorde, eu sou um lorde, os outros ficavam calados, alguém, às vezes, vinha e dizia lorde, você é lorde, entendo, você é um lorde. Estremunhava, sisudo, sentado na carteira escolar, os sapatos expostos, ninguém ria, nunca ninguém ria, apenas olhava. E ele nunca gostou de olhos.

Ele achava uma camisa no lixo, dessas camisas que estão por aí fingindo descuido, com um rasgão na manga, ou uma gola arrancada, faltando botão, suja. Entregava-a à mãe, aquela mulher que acordava cedo porque não tinha comida, e andava pelos monturos procurando coisas. Lavava muito bem, lavava a camisa, naquele quarto apertado, porque eles moravam numa casa, num quarto mesmo, escondidos. Lavava, enxugava, passava. Alvarenga conhecia o orgulho de ir ao colégio com uma camisa nova. Já havia o gorro — e ele usava o gorro. Só isso.

Fora assim também com os sapatos.

Mesmo nas ruas as pessoas olhavam, e olhavam, e ele andava. Percebia, nunca ia negar, que havia inquietação, riso e ironia nos olhos. Ninguém lhe dizia uma palavra. Nem os meninos, nem os adultos. Ele chegava ao colégio, a roupa limpa, pobre e engomada, entrava na fila para o começo das aulas, os sapatos apontando na direção da sala. Ninguém ria — era desse jeito, dessa forma. Ninguém ria. Ele ali, imponente na humildade constrangida, sentava-se na primeira fila, havia aquele lugar reservado, nunca ocupado por outro aluno, mesmo quando ele não estava ali — faltava por motivo de febre ou de fome, de amor ou de susto da vida. Até quando os sapatos brilharam.

Não, nunca engraxava os sapatos, ele sabia. Nunca. Não por descuido, desatenção, desleixo. Não, não era isso. Mas por uma espécie de respeito solene à mãe — se ela lhe entregara os sapatos assim, então assim eles deveriam ficar por todo o sempre, até que as solas não mais arrastassem os pés. Coisa que talvez nem demorasse muito. Tanto era o respeito pelos sapatos que, mesmo na classe, com tantos meninos — naquele tempo as meninas não se misturavam —, permanecia em silêncio, não se conversava, não se dizia. Percebia o professor olhando, os alunos olhando, os clérigos olhando. Todos olhavam. Sobretudo quando ele passava no caminho da aula. Enormes, os sapatos, tão enormes que fora preciso enchê-los com papel de jornal para permitir que os pés ficassem ali dentro. Amarrado com cordões. E ainda assim frouxos.

Passava pelas calçadas, pelas praças, pelas esquinas, sentava-se na cadeira da primeira fila, bem exposto, tão exposto que não cabia em tanto orgulho. E o respeito era o mesmo. O respeito que dava impressão de se proteger nas paredes. Ninguém dizia nada. O que dava para perceber era um riso, mais do que um riso, um sorriso e uma gargalhada, se construindo no peito e no rosto das pessoas — uma gargalhada que era feito uma bolha, ele via, ele estava vendo, e que podia estourar a qualquer momento. Sem exposição — nem sorrisos, nem risos, nem gargalhadas, nada daquilo exposto. Sempre para a alma, para a carne, para o sangue.

Qualquer um podia observar, qualquer um podia ver, mais do que sentir, esse constrangimento que se desenhava já não apenas na gargalhada escondida, não nos olhos espertos, já não apenas nos lábios, mas em toda a tensão que se estabelecia na aula. E ele ali, impávido, olhando para o quadro-negro onde a mão do professor escorria desenhando palavras, expondo, houve até um dia em que desenhou um sapato, não, um par de sapatos. Assim, assim, ia dizendo, e ele nem sabia o que era assim, assim. De repente, jura e confessa, não estava ouvindo o professor, mas ouvia, ouvia mesmo, de verdade, era o constrangimento da sala. O silêncio se arrastando por baixo das carteiras, das bancas, o silêncio envergonhado que procura um lugar para se esconder, nem que seja nas meias, nas tantas meias dos colegas, ou na bainha das calças. E mesmo assim, e apesar de tudo, não deixando de ser sorriso, riso ou gargalhada. O que se faz? O que se há de fazer? Meu Deus.

Lá neles, lá neles, eles pareciam estar dizendo.

No começo precisou inventar um jeito, precisou mesmo, esse jeito de andar. Como andar? O culpado era ele, ele sabia, o culpado era ele porque a mãe sabia o que estava fazendo. Mãe sempre sabe, mãe é sempre. Calçava os sapatos — e via o brilho nos olhos dela, não, não ia negar, nem desejava saber o que era aquilo, o que era brilho nos olhos de mãe —, batia com o calcanhar no chão e o bico entortava. Não queria dizer nada à mãe. Teria visto também no rosto dela a faísca de um riso? Será? Não diria nada a ela, nem desistia. O sapato desconjuntando o corpo. Plantava os pés de vez no chão. Com bico e tudo. Era o bico, era o bico, que atrapalhava. Insistia. Tão torto andava para a escola. Segurando nos postes e nas paredes. Só um colega lhe disse, no segredo do recreio, no silêncio do ouvido, na melancolia da manhã: Pato Torto.

Bailava, pato aqui, pato acolá, mas foi. Nem perguntem. Foi.

Precisou ir ao campo de futebol no recreio. Aquele corpo estranho que andava e corria, vestido, bem-vestido nos andrajos transformados em maravilha. Não questionava e não, não queria, só a bola e a roupa, sem pensar, precisava de um pé para jogar e o pé corria, andava, nem bola nem nada. Incomum. Bola, respondia bola, e a baba manchando os lábios, a boca nem sempre fechada, só, boca, e boca. Nem queria, nem gostava, bola. Era de outra trempe. Assim.

Enquanto os meninos brincavam, e lanchavam, ele andava pelo pátio, mãos no bolso, elegante, compenetrado; alimentava a elegância, embora nem soubesse o que aquilo representava. Camisa puída, gola rasgada, faltando botões, e ele andando, passeando. E o que mais? O que mais era a mão direita — ou esquerda?, ou esquerda, direita? — enfiada no bolso da calça, que nem mesmo era calça. Era uma bermuda de gente grande, de homem assim grande, com a boca da perna imensa — boca de sino? Bocassino? Ajuda, Rachel, ajuda. E os meninos chamando para o racha. Que era que os meninos queriam?

E ele foi. Foi de camisa engomada, e tudo, a bermuda era a calça. Jogava a perna para um lado, jogava a perna para o outro — outro o quê? —, outro lado, e a bola fugindo, mesmo diante do gol, ele nem mesmo sabia em que posição estava, fez até uma defesa com as mãos, vozes, e vozes, e vozes, o tempo parou. Ninguém. Ficou suspenso. Escutou alguma coisa, ainda uma voz, pênalti. E foi aí, foi aí, sim, que o tempo ficou suspenso. Nem vento nem luz nem sombra. Só o tempo — e o tempo suspenso, e o tempo parado. Tempo? Um segundo, Alvarenga?, hum, um segundo?, que seja, vai. Os meninos perceberam, disseram, os meninos perceberam, não sem um ai de espanto, perceberam que ele estava sem sapatos. Sem sapatos? Fez que sabia, soltou a bola. Sabia mesmo o que estava fazendo? Tem certeza? Hein? Sorriu, havia um sorriso naqueles lábios e naquele rosto que, por si só, era uma espécie de ironia. Os meninos ficavam fulos. Não diziam nada, mas que ficavam, ficavam. Alvarenga ironizava? Colocou a bola no chão, continuou jogando. Mesmo perdendo, os meninos invertiam o placar, ele não podia perder.

Depois da partida, mesmo sem tomar banho, havia pouca água nas torneiras, e não havia banho, ele se sentiu limpo, cristalino. Procurou os sapatos no lugar onde os deixou. Uma temeridade, não é?, uma temeridade deixar os sapatos sozinhos. Um ao lado do outro. Um par. Um par que agora se distanciava — o esquerdo, compreende?, veja, compreenda, o esquerdo continuava preto, e o direito fora pintado de branco. O direito ou o esquerdo. Como disse? O esquerdo ou o direito. Um sapato, só um sapato pintado de branco. É assim, não é? Inteiro. O sapato, só um sapato, se tornou branco. Completo. Sem uma palavra, ele nunca dizia palavras, limpou os pés com as mãos, e os colocou nos sapatos.

Entrou na sala.

Somente ele, e mais ninguém, nem de longe, sabia o que era entrar na sala. Um triunfo? Era um triunfo? Estaria com o peito estufado? Estufado mesmo? Cheguei, cheguei, repetindo baixo. Também ele não podia sorrir. E o sorriso ali, que ele nem queria, expondo-se nos olhos, nos olhos e na pele, no rosto, no rosto e nos expondo. Um prazer desumano. O que é que faz um prazer desumano?

O constrangimento aumentou. Muito. Ele cruzava os pés — seria de propósito? —, exibia o lindo sapato branco. Às vezes pensavam que ele fazia tudo aquilo de propósito. Um propósito de arrancar soluços. E não, não era possível. Alvarenga não sabia fazer nada de propósito — mas era, era, era —, mesmo que houvesse aquele orgulho absoluto no rosto, um orgulho que percorria todos os poros, todo o sangue, toda a carne, e todo espírito, um orgulho visceral — visceral, hein? —, visceral e imponente, não era de propósito. Com aquela humildade de exilado do mundo, ele não seria capaz de se orgulhar só porque estava com um sapato preto, outro branco, — resplandecentemente branco —, imensos, nos pés de um menino que mal tinha pés. E como era enfrentar aquele orgulho? Como era enfrentar um colosso de menino que nem sequer conhecia a palavra orgulho, as armadilhas do mundo.

O caso, porém, é que cada pessoa queria dizer alguma coisa, cada menino queria rir e brincar, qualquer professor gostaria de admoestá-lo. E ninguém, ninguém se expressava. Não era uma questão de rir por dentro, nem na alma nem no sangue. Nem alma nem sangue concediam o prazer contra ele. No entanto, quando passava nas ruas, ou entrava na sala de aula, impossível não ler nos olhos das pessoas, no silêncio dos lábios se movendo: Pato Torto. Houve quem escrevesse na palma da sua mão: O Pato. Mostrava à mãe, em casa, e ela balançava a cabeça, naquele jeito cheio de reverência, concordava. Concordava? O pato, o pato, o pato. Pato. Pato. O pato.

O silêncio mantinha o constrangimento.

E, no entanto, tem sempre um dia, não tem? Não tem um dia, e isso é tão natural, não tem um dia em que as barreiras se quebram? O colega de classe, talvez amigo, essas coisas a gente nunca sabe, não se revelam, quis saber por que ele não pintava o sapato branco de preto — ou o preto de branco, não pode ser assim? —, e acaba logo com essa história de sapatos diferentes. Se você não fizer isso eu faço, não suporto mais essa agonia. Não quis nem saber por que ele usava sapatos grandes, de adulto. Difícil alimentar conversa. O sapato foi pintado por alguém que ama o branco. Ele disse? Foi a mãe quem disse depois, tão orgulhosa do filho, teria dito a Rachel, Alvarinho pensa e disse que alguém ama o branco. Tem certeza? Sim, é claro que tenho certeza. Mãe sabe, mãe sabe quando o filho pensa, e quando o filho fala. E se foi pintado por alguém que ama o branco, por que é que eu vou acabar esse amor? Não vou fazer isso nunca. E o ridículo? Ridículo? Muito mais ridículo é atrapalhar o amor dos outros. Tenha plena certeza que quando saía com os sapatos de duas cores essa pessoa, esse menino, esse padre, esse alguém, se despojava em alegria e festa. Não vou fazer isso — ele pintou o meu sapato para ser feliz. Esse alguém era tímido e não tinha coragem de pintar os próprios sapatos. Está vendo? Estava vendo? Ele quer me ver assim e é assim que vou aparecer.

Pode ser que esse diálogo nem tenha acontecido. Rachel sabia. Precisava acreditar.

As pessoas se lembram, muitas pessoas se lembram, nem todas querem falar. Nem todas? Nenhuma. As pessoas se lembram e falam com as lembranças. As lembranças se entrecruzam, falam-se. Quando se trata de Alvarenga, as pessoas ficam em silêncio. Acanhadas, irresolutas, silenciosas. Alguma coisa de muito inquietante. Há algo de reverente. Se pudessem ouvi-las, elas diriam que apesar de tudo os meninos pareciam perder o respeito. Como o respeito? Que respeito? Pintar um sapato assim não é falta de respeito? Essa reverência, esse respeito absoluto, esse apego quase religioso, estava desaparecendo? E por que na classe ele exibia os sapatos e ninguém dizia nada? Num segredo de confessionário, ele revelara à mãe todas as coisas se amam, todas as pessoas me amam. Ela ficou ali parada, consertando com linha e agulha a camisa de Alvarinho.

Ninguém ousaria dizer nada, as palavras na boca, alguma coisa contra o menino, a respeito do menino, as pessoas tinham um sorriso escondido nos olhos, todas as pessoas, e um leve movimento de ironia nos cantos da boca. Tudo escondido, para não incomodá-lo. Dizer alguma coisa contra o menino já era muito, era por demais, bastava rir um pouco mais alto, bastava comentar, ainda que indiretamente, um pensamento alto, bastava uma dessas coisas. Ninguém dizia. Ninguém. Raro, muito raro, raras vezes ele entrava atrasado na sala — o único que não precisava explicar aos padres, aos professores, aos clérigos, a aula já começada, ele se sentava. E também não dizia licença, desculpe o atraso. Havia um certo burburinho? Havia sim. Alvarenga entrava. Alvarinho entrava? Não, não, só a mãe o chamava de Alvarinho. Ninguém ousava o apelido. Era intimidade demais. E parece que de propósito, só por orgulho, entrava com os sapatos pintados, entrava e exibia os sapatos. Os sapatos que voltaram a ser preto e preto. Sem mistério: dessa vez foi a mãe quem descobriu uma lata de graxa extraviada no lixo e, sem palavras, sem dizer nada, absolutamente nada, lavou, secou e pintou os sapatos. Na escola, pode ser, em silêncio, sempre em silêncio, não disseram nada. E nada.

Uma pessoa pode ser tão pobre e tão lorde?

Havia um corte na reverência em torno dele, além do silencioso Pato Torto. Um corte que ninguém ousava revelar. Um corte? Como é que se diz: um corte? Qual corte? Pode-se dar um corte numa religião. Ela dizia uma religião, Alvarinho é uma religião. Até porque ele era disciplinado — rígida disciplina. Quase sempre chegava cedo ao colégio para, primeiro, assistir Missa — houve um tempo, não tão remoto, que comungava todos os dias, sabia-se que brincava com as mãos à noite, embaixo dos lençóis. Lençóis, lençóis. Dizia. Mãe, lençóis. Já disse, não foi? A mãe saía todos os dias, ainda cedinho, para vasculhar lixos e monturos. A mãe. E vasculhar noutros bairros, em muitos bairros: voltava com panos e comidas. Afora os que lhe davam de presente. Brinquedo sincero com as mãos. Já esqueceu? Precisa lembrar de novo? Muitas frutas: laranjas, coração-da-índia, sapotis, oitis, fruta-pão. O mundo tem coisas. Dá muitas coisas. É verdade.

A mãe o acompanhava aos domingos. A mãe — cujo nome jamais decorou — e outros tua mãe, sua mãe, a mãe de Alvarenga — vinha com ele de mãos dadas, ela com um véu na cabeça, vestido abaixo do joelho, e tênis, um daqueles tênis do monturo, e ele com aquela roupa de não trocar nunca. Limpo, engomado. Vá entender, vá? As mangas compridas, os rasgões costurados com linha de outra cor, a camisa abotoada até o colarinho puído, por fora da calça. Comungavam os dois, comungavam.

Depois do corte, muito depois do corte, não era estranho que tivessem retornado à reverência sagrada. Reverência, aliás, que nunca se perdeu. Os meninos podiam até cantar, em silêncio, as paródias que inventavam, e mentalmente, na presença dos sapatos. Mesmo assim, apenas mentalmente. Parecia impossível que eles permanecessem calados, mesmo cantando em silêncio, enquanto os olhos brilhavam. O professor precisava tossir num lenço branco, sempre num lenço branco, se voltando para o quadro-negro, tinha imensa dificuldade para olhá-lo, aquele menino na sua pureza, na sua elegância.

Olhá-lo? Para que olhá-lo? Ele ficou assim, estava se lembrando do professor que ria dentro do lenço e que obrigava os meninos a se controlar, ficou assim com a boca aberta, a boca aberta e boba, me ouvindo falar, me ouvindo contar a história do olho. Você conta por mim, Rachel, conta? Quer dizer, a pergunta não estava na boca, estava no olho, nos olhos dele, pedindo para que ela contasse uma história, a história que aconteceu com ele. Então ela precisava contar.

Era você, Rachel, que devia contar. Mas com essa mania que você tem de contar coisas só de calcinha, nua, não é?, nua, sentada no meio-fio, protegendo os peitos com os braços, às vezes com as coxas e os braços, feito quem se agasalha do frio, para evitar sua exposição, por orgulho e vaidade, eu conto. O que você faz é organizar. Está bem?

Eu posso contar a história do olho. Porque há uma história do olho. Do olho das lembranças. Um olho é assim. Não precisa perguntar. Não é uma coisa isolada, solta. Uma coisa verdadeira e crua. Ele estava no canil, sentado nas pernas, lembrando foi o olho? Naquele dia, não, naquela noite, o olho estava ali — nem gostava de falar nisso, mas falava, Rachel. Então vai começar assim: naquele dia, naquela noite, o olho estava ali. Pode dizer: um olho num rosto. Antes, antes de tudo havia o olho. Então ele acabara de atravessar a ponte — Deus sabe como atravessou a ponte, porque nem ele sabia como atravessou a ponte, coisa melindrosa essa de atravessar a ponte. Só sabe que o pé estava no meio da rua, do calçamento, quando olhou para trás. E era um abismo. Nunca que ele podia se voltar. Olhou para trás e quase cai. Tentava se segurar num poste, numa pessoa, um galho que fosse, um poste, e não havia ninguém. Não havia ninguém porque era de madrugada, ele havia dormido encostado no arco, no arco de entrada da ponte, e saiu andando. Também não era que andasse sem destino. Quem tem o pé que eu tenho sabe que não existe essa coisa de sem destino, sabe, Rachel? O pé quer andar e andar. Quer andar, e anda. O destino é assim. Não há sem destino. O que não se lembra — nunca se lembra dessas coisas — é que naquela noite o destino era a ponte. Nunca escolheria uma ponte se lhe fosse dado o direito de escolher. Não esquece a ponte. Então seguiu.

Havia atravessado a ponte.

Agora o olho era ele. Quando olhou e viu aquela ponte imensa se desenhando lá atrás, sentiu os pés gelando e a barriga se revolvendo. Foi desse jeito, foi? Já sentiu frio nos ombros? Ele estava sentindo frio nos ombros. Como é que passara por um perigo daqueles, não prestou atenção? Parou. Parou não porque quisesse parar. Parou porque lhe parecia que se andasse, se desse um passo à frente, aí topava e caía no abismo. É incrível: o abismo me acompanha para todos os lados. O abismo me acompanha. Parou. A respiração subindo no peito. Deu graças a Deus não ter topado. Foi uma felicidade, aquela. Depois, primeiro respirou fundo, nessas ocasiões é preciso respirar fundo, em seguida tentou encostar o braço no poste da frente, na outra calçada, e era outra sorte que não houvesse um buraco entre ele e o poste. Foi quando descobriu que ali não havia poste, no meio da rua não havia buraco, e na calçada?, na calçada havia um poste, levantou o braço, assustado, ou seria melhor fugir? Antes de fugir teria que esfriar o sangue. A questão toda estava ali: esfriar o sangue. Quem toma susto sabe como é, não sabe? A pessoa não sabe? Pode nem saber, tudo bem, mas desconfia.

Um susto danado aquele de descobrir que havia atravessado a ponte andando, aquela ponte imensa, sem ninguém àquela hora, com o risco de voar. Engraçado, ele não estava mais na ponte, estava mesmo na rua, no meio da rua, entre um meio-fio e outro, parado, embora a sensação fosse de que ainda estava no meio da ponte. Essa sensação horrível de que não pode mais, não suporta, e terá de caminhar para chegar ao outro lado. Como é que se faz? Como é que a gente é capaz de uma coisa dessas? Será capaz mesmo. Não devia ter chegado até ali, não devia, e agora não sabia mais andar, e tinha de atravessar a ponte, tinha de continuar andando, ah, meu Deus, para que foi começar, por que fizera a loucura de chegar até ali? Mas não estava ali, estava? Estava ali no meio da ponte? Como é que se faz? Não já estava no calçamento, no meio da rua, entre um meio-fio e outro, ou não era? Quem mandou fazer, quem mandou fazer uma coisa dessas?

Estava parado, era hora de sair senão vinha um carro e lhe atropelava. Chegaria ao outro lado. Eu sei como é isso. Vem essa fraqueza nas pernas e nos braços e nos ombros, o suor banhando o rosto e empapando o peito. É verdade que andou. Nem gosta de dizer isso para não parecer mentira. Não é mentira, não, viu? Não é mentira, não? Mesmo porque não quer passar a imagem de mentiroso, homem que passa a vida mentindo. Andou e se sentou. É muito esforço, é um esforço incrível atravessar uma rua. Sem alívio. É possível que o sossego possa existir em alguma parte, isso é possível, não mente, nunca está nele — ele disse em mim. Porque nunca está, nunca está de verdade. Esquece o sossego. E se estiver, ele acrescenta, se estiver não vai responder, o sossego não vai responder, faz de conta que não tem voz. Nem ouvido. Nem gosta de pensar nisso, sabia? Nem gosta. Lembrava aquela frase distante:

O sossego é a preguiça dormindo.

Quem disse? Quem disse isso? Sossega, vai, sossega. Só estava pensando, sentado no canil, só e abandonado, porque queria saber o que o olho tinha feito com ele. O que é que um olho faz com uma pessoa? Encolheu-se, uma pessoa era igual a ele? Era mesmo igual a ele? Puxou a lata d'água com a mão e se molhou. Quer dizer, molhou a cabeça, os cabelos, o nariz, a nuca. Não gostava de molhar a nuca, o cabelo pegava, o suor ardia. Podia se levantar e sair, quem sabe?

Naquela hora dobrou a perna, colocou o braço sobre o joelho direito, fechou os olhos e ficou. Não era tristeza que sentia, não. De forma alguma. Serenava. Sentado, recostado na parede, batia as pálpebras, não sentia sombras nem melancolia. Sabe o que ele disse? Ele disse que a vida é assim, a gente senta e fica. Só precisa disso.

A vida é tão pouco, não é?

3

Feito o passado que se despedaça

Um dia vai sair do canil. Vai sair do canil para contar essa história a Rachel. Ela não tem muita paciência. Começa a escutar, começa a escutar e vai logo dizendo que não preciso mais, ela mesma continua. Mas você nem sabe, você nem sabe como foi. Ela acrescentava que sabia sim, então ia contando, contando, se não contasse de verdade, ele parava de inventar e então ele a interromperia. Ah, como é que você sabe, se não estava lá? Sabia e ia contando. Se não fosse a verdade, ele diria quem vai contar sou eu, e continuava. Você não tem paciência, Rachel, você não tem paciência. Não se preocupe com aquilo, fique aqui que ela ia dizendo. A história é minha, você me sabe, Rachel.

Ter atravessado a ponte, ato de heroísmo, talvez seja apenas lembrança inventada. Talvez não tivesse ocorrido nada. Seria apenas uma lembrança. Apenas. Uma lembrança do que não houve, lembrança do que nunca aconteceu. Podia ter acontecido. Podia, sim. Podia. Mas como? É perfeito. Por que ele nem atravessou a ponte nem se lembrava de ter atravessado a ponte. Só lembranças. É assim. Ele estava agora ali sentado no canil — os cachorros latiam, grunhiam, gemiam, cachorro geme? —, como teria sido se ainda estivesse sentado na calçada do outro lado da ponte. Isso é pacífico. É tranquilo. Estava falando de dentro da lembrança. Ele falava. Não ele. Rachel que vai falando, falando, não dissesse, percebesse que estava contando o que ele não lhe contou mas era possível que tivesse acontecido e que tivesse lhe contado. Contar era assim.

Ele estava falando de dentro da lembrança.

As pessoas que passavam, o dia amanhecendo, lhe viam sentado na calçada. Ele não queria que fosse assim. Agora ele não queria estar sentado na calçada do outro lado da rua. Queria estar sentado ao pé da placa do arco que dava passagem aos pedestres. Ele queria dizer, ficava babando, a boca suspensa, os lábios tortos, quando as pessoas me veem na calçada do outro lado da ponte não estão me vendo, estão vendo uma lembrança. É só prestar atenção: eu não atravessei porque tenho medo de atravessar pontes e ainda estou criando coragem. Sentado na placa do arco, encostado, o cotovelo na calçada e dormindo.

Estava cansado, estava muito cansado, pensando e pensando que dormia, se as pessoas pensavam que estava dormindo então podiam ver as suas lembranças. Tem gente assim. Aliás, tem muita gente assim, pode acreditar. São pessoas simples e muito perigosas. Demais perigosas. Elas percebem as lembranças, conhecem as lembranças, e ficam pensando que pertencem a elas. É curioso. Concorda? A pessoa agora vem andando para o trabalho, depois da viagem no ônibus, e lhe encontra dormindo no arco da ponte no centro da cidade, e aí estavam ele e as lembranças. Via tudo direitinho. Nem precisava perguntar. Nada. Todas as pessoas o viam na passagem do arco e se lembrando das lembranças e sabiam que ele estava era do outro lado da calçada, depois da ponte, porque se lembram de que ele atravessou a ponte.

Eu sei que é assim: as pessoas percebem minhas lembranças e querem participar delas. Quando levantam a cabeça, já não estão apenas no Recife, estão na minha lembrança. Fazem parte da minha lembrança. É curioso? Mas eu também estava fazendo parte da lembrança de outra pessoa. Tão simples, não é? Não era pesadelo, era lembrança. Uma sensação boa. Todo mundo se lembrando junto com ele. Por isso não se lembrava com nitidez.

Não bateram nele. Não disseram nada. Sabe o que é laçar uma pessoa, prendê-la em sacos, levá-la para um canil, e depois não dizer nada? Explicação, não, não queria. Podia até dizer me explique aqui, o que foi que houve? Preferia ficar deitado, sempre deitado, ou quase sempre. Os homens vinham e olhavam os cachorros e em seguida outros homens, conversavam e conversavam, aí esse outro homem entrava no canil, levava o cachorro. Até aquela noite. Antes daquela noite estava, por acaso, no salão das raparigas, lá no segundo andar da pensão, difícil e ruim subir a escada. Cansativa. Muito.

Uma festa, uma grande festa, aquelas mulheres. Ali riam e ali brincavam. E veio aquela, está lembrado, aquela?, aquela veio e disse pode ser? Ela carregava uma flor, uma papoula?, uma rosa, amor triste?, não tem uma papoula chamada amor triste? Um nome, não é? Ela fez assim, passando as mãos nas pernas, e pegou. Que fez? Que se faz numa hora dessas? Que se faz, hein? Um sonho de mulher falando nos ouvidos. Que dizia? Quem sabe? Quem pode? Rachel querendo saber e afobada, muito afobada, dizendo que ele não prestava para nada, e ela, Rachel, batendo, um tapa bem no rosto. Perdeu a reverência? Foi Rachel quem primeiro perdeu a reverência? Logo ela? Que haveria de ser, de ser, de ser? Ela chorou. É capaz de jurar que ela chorou. Rachel chorava inteira. Não era costume. Quase nunca. Ela chorou. Sabe como é chorar inteira? Com os olhos, o rosto, a cabeça, os ombros, a barriga. Engraçado a barriga balançando. Rachel chorando inteira.

Fungando, Rachel chorando inteira e fungando, tem coisa mais esquisita do que mulher chorando e fungando, assoando o nariz? Mulher somente não. Homem também. Homem chora duro, pesado, não é? Mulher, não. Beberam os dois, ele e a mulher, na sala de bailes da zona, na radiola de ficha. Dançar solene. Dança solene. Ela, aquela mulher?, sabe, aquela mulher da rosa, do amor triste? Dançaram, dançaram e beberam. Ele foi, brincando mas foi, tirando a roupa no quarto, e ela também, aquela mulher. Por que ele não sabe? Nem pergunte. Os dois na cama, tanta beleza, e a janela aberta, bem aberta, que era para o mundo inteiro saber. Sabe? Sabe que ela não tirou o amor triste? Não tirou mesmo, de forma alguma. Só assim sabia.

Que que foi?, ela perguntava, que que foi? Sem falar, sem falar ele viu os olhos, viu o olho, naquela cara enorme, naquele rosto sem limite, só um olho. É possível só um olho? Se diz, se faz, está pronto. Só um olho — aquele olho surpreendido. O caminhão ou o que chamam de carrocinha parou e o olho pegou o cachorro e jogou o cachorro num saco. O olho dele via e o olho de lá via também. O olho de cá, o olho dele, Alvarenga, pegou e olhou o olho de lá que estava matando o cachorro num saco, no saco, com um porrete, um pedaço de pau, quebrando o cachorro do saco, quebrando todo. Pudera? Você goza, amor, goza, carinho. Rachel, ali chorando inteira, você gozou? Diga olhando nos meus olhos, diga você gozou? Ele batia as pernas, batia os braços, batia os ombros. Gozou, foi? Um medo enorme, um medo muito grande daquele homem, o dono do olho de lá, matando o cão, e o suor escorrendo no saco? Que que se pode fazer? Condenado, você gozou. Tinha que ser? Gozo, sangue, sexo. Você gozou, meu carinho? Você gozou, ilusão dos meus olhos? A mulher tinha, tinha, sim, o amor triste na orelha, enfeitando os cabelos. E embriagada.

Traziam comida, às vezes. Ficavam pastorando os cães. E calados. Alvarenga descobrindo o dia. E a noite. Que é que se faz? Lembra. Faz tempo. Quanto faz? Foi antes ou depois? Só não queria atravessar a ponte, desde aquela noite. Está lembrado? Não queria. Parado, de pé, os olhos cinzentos, as pessoas passavam e a decisão estava tomada. Retornaria. Como? E para onde? Suportaria o anoitecer. Assim, olhando a ponte. E sem nada para falar. Sem pensamentos. Um passo e outro. Um passo depois outro. As pessoas começariam a rir. As pessoas sempre riem. Não, nada. Ele é que ficaria rindo. Gostava de rir. Muito. Andava, porém, sério, bem sério, as pessoas não podiam saber. Ali parado, olhando para a frente, enfrentando o vento. Não queria que as pessoas percebessem que ele estava rindo. Sério. Muito sério.

Então recomeçou a andar. Não queria. Não era o que havia previsto. Nem desejado. Sentiu o frio subindo pelas pernas. A fraqueza. Alguém estava olhando, estava? Era possível que o observassem? Recuou no mesmo passo, na mesma medida. Agora podia ver o Recife Antigo anoitecendo. Agora podia ver. Sem nenhum esforço. Sem o menor esforço. Com aquele jeito de uma cidade antiga e escura, velha, tantos prédios, os antigos e os velhos, cortada pelo sol vermelho que se afirmava sobre o mar — aquilo era o mar?, podia mesmo chamar de mar?, com as águas mornas e ficando escuras, deitadas sobre os arrecifes e o cais?, as pessoas todas se escondiam porque só podiam ver o vulto dos carros e, sobretudo, dos ônibus. Um dia chegaria ali, chegaria, estava certo. Agora devia sentar-se e esperar.

Deu um novo passo, jogou o lençol sobre os ombros e se encostou naquela pilastra que noutros tempos, e em tempos remotos, foi parte do arco. Assim era a cidade, cheia de arcos e de entradas para a passagem nas pontes, a ligar as várias partes do lugar que nem era um lugar. Rios, mangues ocupados. Estava encostado mesmo numa placa, esta placa também velha, com aquelas palavras todas que ele não queria ler. Sabia?, era possível ler? Ler e leria, mas agora, não. Agora não gastaria paciência para ler. Porque precisaria de muita, muita paciência, jogando letras e acentos, às vezes. Encostou-se ainda mais, bem mais, feito quem esfrega as costas, e cobriu a cabeça com o cobertor que lhe caía sobre os ombros.

Não ia atravessar a ponte, pelo menos agora não. Não agora. Sabia como era difícil e íngreme. Sabia como era difícil e íngreme atravessar a ponte. Ou subir a ponte? Primeiro encostava a mão na balaustrada, assim bem firme. E depois andava. Sem pressa, sem passadas largas, caminhando, sentindo a mão escorrer no cimento, e caminhando. Os olhos fechados. De preferência os olhos fechados. Só um pouquinho aqui no canto do olho para não perder o prumo. Nada lhe garantia que não ia voar. Nada. E não pensar, não pensar. Em nada. Sempre aquela sensação de que estava subindo. E parava. Era sempre assim: parava. Olhava de um lado a outro, e não queria olhar, queria fechar os olhos, e via as águas, tantas águas, a cidade se formando nas sombras, nas sombras e nas águas, e ele que gostaria agora tanto de voltar. Por que andou?, pra que andou? Não sabia?, por quê? pra quê? Peça um táxi, peça um ônibus, assim não vai, não vai mesmo, ô meu Deus, para que começou? Um passo para trás. Não ia conseguir. Parada. Um soluço bem ali na garganta. No pomo de adão. Bem ali. Um pomo. Adão. Com medo de sufocar.

O corpo quente. Todo o corpo quente de calor e de ansiedade. Devagar, bem devagar, as pessoas passando, passavam. Vai devagar, Alvarenga, vai devagar, mesmo que precise chegar logo. Alguém batia nele. No ombro. Ninguém pedia desculpas. Ninguém. Ele também ninguém. A terceira pessoa depois de ninguém. Não podia continuar. Não para a frente. Não podia continuar. Nem para trás. Se não andar, vai voar. Peça às pessoas para não bater. Não estão vendo? Muita gente. Gente demais. Queria, forçava a vontade, andar, para trás, mesmo para trás. Precisava controlar a respiração, se tornava tenso. Sufocava. Dizendo, mais uma vez, precisava andar para trás. Ainda que não quisesse. Voltando. Andar para trás não ajuda. Ele sabe. Vai continuar subindo? Ou descendo? O suor se aloja na testa. E desce salgado pelo olho. Sem falar comigo. Ninguém deve falar comigo. Desmorona. Se alguém falar com ele, ele desmorona. Feito estátua de pedra. O olho arde, conhece. Conhece isso muito. Muito bem. E se não conseguir andar, fica ali em cima da ponte o resto da noite. Para sempre. Era quente ou frio? Não, não pare, não pare agora. Nem abra os olhos. Cada vez que abre, os olhos ardem ainda mais. Os olhos fechados, sem orientação, era pior. Os olhos fechados, não. Abertos, abertos. Preciso ir em frente. Na escuridão. Na escuridão dos olhos fechados. Pode escorregar. E cair. Se cair, voa. Com certeza. Se cair, voa. Então abre os olhos. Bem, bem abertos. Sobrava luz. Está na calçada. Fora da ponte. Perto da placa que anuncia a luta com os holandeses.

Respirará um pouco, só um pouco, as pessoas vão compreender quando ele se levantar. Um pouco, sim. E rindo, rindo. Não esse riso escancarado, nunca ri escancarado, lábios e dentes expostos. O riso é a solidão. E o medo. Era tão fácil atravessar a ponte e por que ele não atravessava? Não atravessava de uma vez só. Rindo. Na solidão. No segredo. Se as pessoas soubessem que ele não sabia atravessar uma ponte? Uma ponte no centro da cidade, tanta gente passando, conversando, e rindo, rindo exposta, e solitária, no passado decidido, o que era que as pessoas iam ficar dizendo? Feito lhe disseram uma vez coitado, cata-vento nas orelhas? E naquele tempo era um menino, o menino do Paissandu, lá na Boa Vista, um estrangeiro, só um estrangeiro dizia aquilo, cata-vento nas orelhas. E ele não esqueceu nem quis. Tanto estrangeiro passava. Tempo inteiro — passando, passando. Ninguém mais ouviu. Era só ele que estava.

Estava bem, não precisava que as pessoas soubessem. Puxou o lençol para cobrir a boca. Estava bem. Que diriam? Aflitas, quase todas aflitas, ele não sabe atravessar uma ponte. Era costume. Ele chegava ali, todos os dias, a cidade escurecendo, a lua sombria, os rios escuros, e ele se preparando para atravessar a ponte. E rindo. O riso ficava apenas no estômago. Será que o povo prestava atenção? Ele não queria isso. Não queria ninguém olhando. O que queria mesmo, o coração sangrando, era atravessar a ponte. Não era?

Decidiu cochilar. A coragem vinha depois. Não teria pressa, nenhuma pressa, cochilar e pronto. Depois, depois é depois, que é que se vai fazer? Nem percebeu que dormiu. Acordou ajeitando o lençol por causa do frio. Era madrugada. Atravessou a ponte sem ver nada. A ponte tinha umas luzes pálidas, e pouco adiante as luzes do Recife Antigo, mais sombras do que bairro, com uma imponência de dar agonia. Que imponência era aquela, hein?, que imponência. Pois parecia que o Recife Antigo se levantava de dentro das águas para se erguer com a força dos prédios, grandes prédios antigos, cheios de enfeites, cercados de maresia, o cheiro do mar, que bairro era aquele? Um bairro ou uma cidade? Agora ele pensa e se estranha. Muito estranhado. Porque parou. Esse Recife, esse bairro, essa cidade, era uma espécie de baleia, havia tanto mar, um cachalote que se levanta abrupto, irrompendo das águas, um animal marinho, com toda a força e com todo o barulho que pode arrastar na solidão noturna. Ele parou. Estava parado. Que solidão é essa? Essa solidão noturna que se arrasta por séculos de escravidão negra e de festas. Que solidão? Que sensação era aquela de peixes e de águas? De prédios, grandes prédios escuros transformados em baleias?

A respiração no sangue e nos músculos.

Teve um instante em que sentiu vertigem, pegou na balaustrada, os dedos ásperos, e foi protegido pelo lençol. Andando sempre, andando. E logo estava descendo. Percebeu, com clareza, que estava descendo a ponte. A boca aberta engolindo as surpresas da noite, e aquilo que dizem é garoa — garoa? — da madrugada. E em seguida o calçamento da rua, os paralelepípedos, não precisava esperar que o sinal fechasse. Até porque percebeu que o sinal não era verde — era amarelo, amarelo,

amarelo. Que espécie de Alvarenga estava chegando do outro lado? Alvarenga, Alvarinho — um só homem.

Havia decidido: só falaria quando Rachel o autorizasse. Ela sabia falar. E muito. Ficava impaciente, tanto, quando ele queria falar. Agoniado, balançando a cabeça, entortando a cabeça, girando os olhos, bela, bela, bela. Então ela fala. Ela fala tão bem, tantas coisas, e eu repito, sempre repito, uma palavra que seja. E pronto. Aí deixou que ela falasse. Bom dia só tinha gosto de bom dia se ela dissesse antes bom-dia. Olhasse para ele e autorizasse, sem falar, ela não dizia fala Alvarenga, dê bom-dia pro moço. Não, não precisava, ela apenas olhava. E ele também olhava e compreendia que ela estava dizendo que ele agora tinha o direito de falar. Ficava contente, imensamente contente, quando ela o autorizava. E, para falar a verdade, repetia com emoção. Chegavam as palavras a ficar mais leves. E havia uma ansiedade de zás. Uma ansiedade de segundos. De zás — ele gostava de dizer de zás. A felicidade no sangue. O desejo imenso, orgulhoso e feliz, de dizer boa-tarde, se ela dizia boa-tarde. E a dor, a tão imensa dor de silenciar quando ela não autorizava. Às vezes. Não era sempre. Ela esquecia. E ela já estava com o peito, o peito inchado, para afirmar boa-noite, quando era noite. E o boa-noite repousava a carne. Repousava os olhos. Repousava as pálpebras. Sentia até vontade de dormir.

Eu preciso morrer mas não posso me suicidar. Eu sei morrer e não sei me matar. Isso sim, não vou inventar a morte. Mas preciso morrer. Por quê? Não ia querer descobrir nunca. Bastavam as palavras. E nem queria que Rachel soubesse. Se eu morrer, quem vai repetir as palavras dela? E quem vai tocar corneta? E quem vai comer peixinho dourado de chocolate? Nem sei. Nem eu. Jamais faria uma coisa dessas. É bem possível que um dia, que as pessoas dizem um dia, ela dissesse estas palavras: morte e suicídio. Não bastaria repetir as palavras. Não. Tinha que ser? Como é ser? Quase impossível. Ela jamais pensaria nisso, assim. Mas por força de tanto pensar seria possível. Não tem essas coisas? Não tem?

Nunca mais esqueceu: Rachel era a chama da morte. Para que repetir? Para quê? A cabeça era um caracol? Um caracol? Era? E perguntando, e perguntando, e perguntando. E respondendo. Respondendo é outra coisa.

Talvez por isso pensava na mãe. Sempre pensava na mãe. E ele nem chamava de mãe, chamava Vovó Peru. Desde cedo, desde que aprendeu a articular uma palavra, dizia Vovó Peru. Bem difícil, muito difícil, sabia dizer. Pensava na mãe e na dignidade. Não quando era pequeno, quando era menino. Foi crescendo, como é?, crescendo. Se lhe fosse indagado o que era dignidade, mesmo sem conhecer a palavra, não precisa disso, era, pensava naquela mulher, a mãe, saindo para as visitas ao monturo. Sempre, quase impossível mudar, sempre naquela roupa inteira dos ombros até abaixo dos joelhos, a roupa que era de jérsei cinza, com remotos e discretos pontos negros, quase um tecido só, bem pobre e bem humilde, um único cinto, bem fino, fininho, que nem servia mesmo para apertar a cintura. Veja assim: uma mulher alta, bem alta, e completa, bem completa, ligeiramente encurvada, as mangas curtas, as mãos batendo nas coxas, pernas longas e finas, canela pura. E era mais: porque havia o pescoço, um pescoço tão interessante, posudo, já viu um pescoço posudo?, pescoço de peru, e aí sim, com a dignidade de peru, que anda, anda, naquele passo reverencioso, naquele jeito de não balançar a cabeça. Pois Vovó Peru saía para catar lixo com dignidade. Sem falar, não falava com ninguém, raro falava. E parecia que tocava em objetos de ouro. A manhã inteira, porque à tarde cuidava para lavar e passar. Roupas, lençóis, fronhas. E até o tênis em que ela pisou durante muitos anos. Até para se confessar e comungar.

Alvarenga se lembrava.

4

A solidão de portas e janelas

Eles chegaram. E quando eles chegaram, os seios de Rachel já apontavam na blusa, ainda sem sutiã, a barba de Leonardo arranhava o queixo, e Ísis empinava a cabeça para andar nas ruas. Ernesto Cavalcante do Rego saía todos os dias pela manhã para voltar somente à tardinha, e Dolores exibia os olhos densos e escuros de quem destroça a alma das pessoas. As empregadas Severina, a Gorda, e Severina, a Magra, saíam para as pequenas compras, voltavam numa rapidez só, pisando as sandálias de couro. Ocuparam o sobrado, ainda hoje está lá, ainda hoje existe, no canto direito da praça Chora Menino.

E se lembrava daquele dia em que viu, os olhos testemunharam de verdade, a menina abrir o portão para ir à escola. Sozinha. Não era uma temeridade sair daquele jeito? Tinha que ser. Havia alguma coisa de trágico no corpo ainda em crescimento. Ele estava na praça, jamais poderia esquecer, sentado num banco perto da carrocinha de sorvete, que ele agora vendia sorvetes nas ensolaradas ruas da Boa Vista, no instante em que saiu abandonada — ele teve a imediata sensação de que ela estava abandonada — com os livros na mão direita, o braço sobre os seios, fardada, caminhando. Que coisa estranha é essa que se estabelece entre duas pessoas que se amam? Entre dois jovens que ainda não conhecem o destino e que nem sabem o que será feito deles?

Pois Alvarenga sabia, sabia tão imediatamente quando Rachel olhou em torno, ela estava olhando tudo aquilo assim da primeira vez, os olhos surpresos?, viu que ele estava ali na praça, e partiu. O que é que cabe nos olhos nesse momento? Que espécie de lembrança permanece? A gente esquece tão rapidamente. Sabe, ela partiu. Gostava tanto dela que, todas as vezes que partia, tinha a sensação de que não voltaria mais, nunca mais. E não era uma partida qualquer, coisa inútil, um corpo que se desloca. Percebeu, ela percebeu. O que devia ser feito devia ser feito. Saiu do banco da praça, empurrou a carroça, guardou distância, acompanhou-a.

Ela não pedira guarda, nunca haveria de pedir, nem sequer abrira os lábios para um bom-dia, e já estavam com os destinos cruzados. A menina precisava de proteção e sempre a teria, sempre, ele não conduziria outro sentimento no mundo. É certo que ela não sorriu naquela manhã — naquela iluminada manhã recifense, com o sol que banhava os prédios e as calçadas, os carros se movimentando ainda com alguma lerdeza, as vozes de tantas pessoas, tantas, perdendo o encanto para se expor nas ruas em gritos e em gargalhadas. Uma descoberta. Percebeu logo que era uma descoberta, e uma descoberta fatídica, que não se afastaria um instante para se agasalhar na sombra. Uma criança abandonada, essa era a sensação, era essa a sensação à maneira que a acompanhava à distância, só à distância, para não incomodá-la, atrasando-se quando o sinal fechava, andando apressado porque também ele sabia: jamais perderia a elegância, jamais, nem mesmo para acompanhar o destino de Rachel.

Ela também, ela também percebeu, não quis voltar-se para não criar intimidade, não o conhecia, nem aproximação, não conhecia ninguém, e era curioso, muito curioso, percebia, com toda a justeza que alguém pode perceber, que estava protegida, estaria protegida sempre. Não precisava dizer a ele. Não era uma necessidade. Ele era o seu destino e o seu protetor. Algo que vem do sangue, que acelera nas veias, esquenta o corpo e a alma, teve absoluta certeza de que aquilo era uma coisa para muito tempo, para todos os tempos, nunca mais estaria abandonada. Porque, é preciso esclarecer, havia em sua vida, desde menina, desde muito menina, calcinha e nudez, uma desproteção, sem a certeza que não encontrava na mãe, no pai, nem nas paredes sólidas da casa. Havia uma desproteção, uma espécie de perigo que estava para chegar, estava chegando, já chegara, que ela não sabia dizer o que era, e que aumentava quando via a mãe, Dolores, aquela mulher tão longe com os seus movimentos. Andaram algum tempo, um longe do outro, até a volta, em torno do meio-dia. Não havia perguntas a fazer, nem respostas. Só havia aquilo.

E a sensação de que o tempo jamais se esgotaria.

Enquanto ela estava lá dentro, enquanto ela via as aulas e seguia a orientação dos professores, Alvarenga subiu com a carroça na calçada, encostou-a no portão do colégio. O momento de espera, agora. Mantinha a elegância de sempre, não sóbria: vestia um *smoking* preto, camisa branca, gravata-borboleta, sapatos pretos de verniz. Não aqueles da infância, de que sentia saudade ainda, mas outros, é claro, que encontrou no lixo, derramando lágrimas, por causa da morte de Vovó Peru. Fora dormir. Quando amanheceu, o sol lerdo entrando pelas frestas e pelos buracos no teto, pequenas frestas aventureiras, ela permanecia quieta no catre, os braços abertos, duros, a boca aberta, e a pele colada no osso.

Sempre fora magra, muito magra. Todos os que morrem ficam com a pele colada nos ossos, sem viço, sem sangue. Aproximou-se, arrumou-a na cama, é possível que tenha rezado, é possível. Não chorou. Não era que não sentisse a morte da mãe, não é bem assim. Constatava uma verdade absoluta: agora estava sozinho no mundo, era órfão, sabe o que é órfão? Órfão, sim. E todos teriam piedade dele: este é um órfão. Tentariam protegê-lo; tentariam ajudá-lo. Afinal, um órfão é alguém que está para sempre desamparado, destinado aos bichos e às feras, requerendo proteção. Não quer negar, não pode negar: sentiu um fiapo de alegria esfriando o estômago. Agora era um menino que não tem mãe e que terá como mãe todas as mães do mundo. Não podia ter sorte maior do que essa.

Talvez fosse coisa premeditada, não era. Porque tem certeza de que não era. Sentiu a desproteção de Rachel tocando na pele. Uma suspeita, uma expectativa. Tomou a carroça, vendera tão pouco naquela manhã, percorreu a calçada, dobrou na esquina, mais outra rua, e viu o corpo de Rachel. Aquilo era uma fatalidade. O corpo de Rachel se distanciando. Uma vaga no tempo. Fugira, será mesmo que fugira? Então era assim? Ele merecia, merecia, é assim? Magoado, definitivamente magoado, a ponto de sentir areia nos olhos. Não demorou ela retardou os passos, retardou, sim, até o ponto em que os dois ficaram a uma distância que cabe mesmo a dois desconhecidos. Agora podiam chegar em casa sem pressa. Ainda que fosse assim, não perdia a mágoa. Por que ela fizera aquilo? Sem dúvida não sabia que ele era órfão. É possível até que ela dissesse que queria ser órfã, também. Você sabe que eu sou órfão, minha filha?, ela ficaria com os olhos espantados. Ela talvez pensasse por que fora fazer aquilo com um órfão. Não, não era porque ele vendia sorvete, qualquer um pode vender sorvete, isso é assim mesmo, nem todo mundo é órfão.

É tão bonito, não é? As pessoas tendo pena da gente e dizendo ô, coitado. Foi esse o desamparo que sentiu na vida, mesmo quando a mãe existia, e não apenas existia como procurara roupa para ele no lixo, nos monturos, e não só era roupa apenas que ela buscava, era também comida. Principalmente. A comida que serviria para o café, almoço e jantar. Mesmo quando ela existia e estava sempre ali para qualquer coisa, ele estava desamparado. Por isso, é possível, tenha sentido tanto o desamparo de Rachel.

Ela não era órfã. E no entanto era órfã. Bastava vê-la, nem precisava chegar perto, bastava uma distância razoável, só razoável. Não tem gente a gente, basta o cheiro, a sombra na parede, a sombra na calçada, para conhecer, para perceber, para sentir, e a gente já sabe qual é o destino? Ainda que as pessoas não soubessem, conhecessem seus pais — pai, mãe, irmãs, irmãos, acreditavam que ela era órfã. Ele também. As pessoas teriam que acreditar com toda a força, com toda a paixão. Ele adiantou a carroça para ficar mais perto, para chegar junto de Rachel. Não se preocupasse, não, ele sabia, tinha certeza de que ela era órfã de pais vivos. Não têm viúvas de maridos vivos, pois então? Eles ficariam ali. Sempre. Havia o destino de Rachel, o destino trágico de Rachel, e não tinha mais volta. Ficou arrepiado. Todo arrepiado. Estava traçado o destino, e ele podia escutar os cães do campo. Os cães do campo, Rachel, os cães do campo têm pena de você. Piedade, compaixão. Ele não queria nem saber. Os cães que lhe rasgam as vestes, os cães que lhe lavam as feridas. Naquela tarde com o pai, os cães latiram a manhã inteira. E só estavam anunciando.

Atravessaram uma longa sombra de árvores, dobraram mais uma esquina, lá vinha a praça Chora Menino, o sobrado quase se escondendo atrás de tantas folhas, tantas folhas, tantas folhas. Entrou, ela entrou. Abriu o trinco, passou pelo portão, foi. Não havia ninguém para recebê-la, ninguém, desamparada ela empurrou a porta da frente. As cadeiras estavam desacompanhadas no terraço. Cadeiras de vime, descuidadas e desleixadas, retas, duras, pesadas, almofadas de tecido, e o centro redondo de vidro, revistas e um cinzeiro vazio, limpo, limpinho, de onde ele tirou tantos detalhes, olhos de águia? Ninguém fumava, depois ela lhe disse, e nem precisava — ele viu, testemunhou. Esteve ali muito, mesmo que Dolores não gostasse. Só os jornais nos assentos. E viu quando o vento balançou as folhas.

Pronto. Estava selado. Ele nunca mais deixaria Rachel só. Sozinha. Nem desacompanhada feito as cadeiras no terraço. Entregues ao vento e à chuva.

Muito mais tarde vieram os olhos. Está lembrado, não está? Antes que acontecesse aquilo de viver um tempo no canil, jogado entre pratos sujos, restos de comida, e bacias com água, os olhos estiveram muitas vezes perto dele. Não os conhecia? O que é que um olho faz assim sozinho? Teve época em que pensava que era apenas um olho sem dono, um olho sem rosto, seguindo-o, seguindo-o semelhante ao vento e à poeira, primeiro em um só lugar, depois em muitos, em muitos, em tão muitos que chegou a temer que os olhos se transformassem em pernas e braços. Muitos, variados, diversos.

Verdade, nunca desconfiou que houvesse uma trama contra ele circulando pelas ruas do Recife. Mesmo que fosse no Recife Antigo, entre mulheres e homens que mudavam de lugar e apareciam noutros a cada instante, a cada momento. Delirava. Sem dúvida delirava. Mas não queria conversar com Rachel, dizer a Rachel, comentar com Rachel. Eles estiveram aqui, dizendo. Ela queria saber quem eram eles. Os olhos, eles estiveram aqui e ficaram ali, negros e tensos, densos, me espiando enquanto andavam. E dizia e dizia e dizia. Dizer é uma forma de falar. Dizer mesmo, de boca aberta e palavra falada, ele não dizia nunca. Escutava ela dizendo que ele não conseguia falar, então deixasse que ela dizia. Então ele suava, começava a suar, andando, de um lado para outro, andando, o dedo em riste, apontando, deixe que eu fale, deixe, era o que queria, pretendia dizer, mas ela anunciava que não adiantava, ele devia entender, não era ela quem decidia, entendesse. Suava e babava, as palavras enganchadas na garganta, eu quero falar, eu quero falar, eu quero falar. Não adiantava.

Rachel, deixa eu falar.

E acrescentava da cabeça para a alma você nunca testemunhou, nunca viu, não acredita. Então ela falava. Contava a história era assim, ela ainda acrescentava, foi assim, tinha que ser assim. Espantoso. Foi. Foi assim. Dizia foi assim, nem se lembrava bem, ele nunca se lembrava bem, ela é que contava, que contava e organizava, a história aparecendo, se ela perguntasse se a história fora assim, ele só confirmava, foi assim mesmo porque não se lembrava, e se ele não se lembrava era porque foi assim, foi com ela que aprendeu a se lembrar, porque não se lembrava e dizia foi, foi assim.

Tanto queria que ela estivesse agora ali, no canil. Tanto queria, não é? Alguns cães ficavam guardados um, dois dias. Depois iam para a morte. Todos iam para a morte. Alvarenga ficava ali, aprendendo com os bichos, deitando sobre os braços, os olhos espichados. Vendo. Ninguém nunca haveria de lhe dizer você é um cão. Nunca haveria. Escutou, Vovó Peru? Às vezes escutava Vovó Peru. Ela não ia gostar nada daquilo. Ou não, podia até gostar. Vovó Peru tinha coisas. Também ela tinha coisas. Todo mundo tinha coisas. E Rachel não estaria procurando-o pelas ruas, pelas avenidas, pelas calçadas? Como era que andava Rachel, como era? Como era mesmo que estava sem a corneta e ele sem o chocolate de peixinho dourado?

Porque foi daquele jeito, daquilo que aconteceu com a decepção. Naquela noite se levantou para receber o chocolate. Distraído, estava distraído, tão. Aí ouviu que ela abria a porta. De um salto já estava lá. E ela não parou, não soltou a camisola, não se desfez do robe para tirar e lhe entregar o chocolate de peixinho. Não fizera aquilo de propósito, ele sabe. Teve a alegria, tão intensa, de vê-la tocar no robe de seda com dois dedos, os dois dedos finos e longos, para levantar o tecido que incomodava os pés, os pés protegidos pelas sandálias de tiras.

Até porque foram, depois, dias e noites de solidão pelos cantos do bairro, tristeza e abandono, preenchidas, no entanto, por aquela imagem de mulher tomada pela beleza fatídica. A morte não seria uma sombra, mas a transformação, a transformação de quem se torna prazer em si mesmo? Como é que se sabe? Não em palavras, talvez, mas em sentimentos, a imagem que chega com o desejo. Como é que se diz? Não se diz. Ela foi justa, não deixara o quarto para que o homem fosse embora, queria o doce, o pirulito, o alfenim, e ele deitado, deitado, esparramado na cama, e depois ajoelhado, o rosto estúpido, o quê, o quê?

Teve de explicar que fora assim, ele precisava entender. Não tomaria nenhuma decisão para magoá-lo, não, não era mesmo. Ele nem sabia o que era mágoa. Até pensou em dizer que depois lhe diria, depois lhe explicaria o que seria uma mágoa. Lembrou que estava envolvida, beijos e abraços, já pronta, quando o homem descia, majestoso, o corpo sobre o dela. Ia descer o corpo sobre o dela, estava descendo, podia sentir o peito de encontro ao seu, o rosto se aproximando. Então aconteceu. De mesmo? De mesmo, o corpo já estava fazendo sombra. Vindo. Daí escutou o apito, o homem do pirulito de alfenim apitara. Tão distante a lembrança de sexo, levantou-se. Será que ele sabia o que era se levantar, naquelas circunstâncias, ele sabia? Sabia o que aquilo significava? Como vestira a calcinha? Não sabia, não sabia, não sabia, não seria capaz de dizer. Só a calcinha e apenas a calcinha. Os pés esqueceram as sandálias. Podia pelo menos ter jogado uma blusa nos ombros. Quando chegou diante do homem do pirulito foi que percebeu: a calcinha protegia-lhe. Se é que a calcinha protege.

Depois Alvarenga tocou a corneta para o próximo.

Tocar a corneta era o mesmo que permanecer em silêncio. Tão mais em silêncio do que naquele instante em que se preparava para receber o peixinho de chocolate. Havia algo tão profundo e tão denso, algo que se enleva para a luz, naquele gesto de Rachel. Mínimo gesto. Encaminhava-se, era assim, ele se encaminhava para a escada, e as pernas quase pareciam não existir. Feito nunca precisasse de pernas — e mais, muito mais do que isso, feito nem precisasse de corpo. Só alma e espírito. Naquele instante, mínimo e breve, a brevidade da chama, sentia a vida entregue aos dedos, aos pequenos dedos dos pés, apoiado neles, para o prazer, imenso, imenso e eterno, de sustentar-se leve, e subir em direção ao gesto de Rachel. De olhos fechados, sempre de olhos fechados. Sem um toque, sem um toque sequer, o chocolate passara pelos lábios e depois pelos dentes, agasalhando-se na fina língua, um toque de encanto. Encanto e sacralidade. O rito perfeito da entrega.

Era quando o cheiro de Rachel chegava. Os dedos muito próximos e a cabeça dele que tocava, de maneira sutil e branda, quase não tocando de tanta delicadeza, nos seios, os seios cobertos pelas vestes, embora se mostrassem, para ele, nus, de uma pele macia, macia e perfumada, os seios acolhedores, eróticos, excitantes. Diante do seu perfume, deixava que seu próprio corpo, outra vez descendo para a realidade do chão, e sem saber; qual era o sabor? Não, não tinha sabor, não há sabor quando o sangue está em festa. Você entende, não entende? Ela mordia os lábios. Ouvia apreensiva.

Naquele dia, ou naquela noite?, naquela hora em que Rachel era a chama da morte, tão bela, o corpo subiu para o encanto, cheio de espanto e espera, mas ela não estava ali, os seios, a pele fina, fina e delicada, o chocolate. Não adiantaram os olhos fechados nem a respiração suspensa. Ela não estava ali. Transformara-se num abismo, a ave velha e gasta, despencando pela escada, com pressa. Não estendeu a mão para salvá-lo. Esperou e desceu, ainda esperou um pouco, a boca aberta, embora percebesse que o perfume da mulher o abandonava. Estava de olhos fechados, sim, estava de olhos fechados, e como a vira descendo a escada, com os dois dedos levantando as vestes, de leve, para descobrir os pezinhos nas sandálias de tira? Pássaro solitário, não merecia decepção. Ou merecia? Não queria mais vê-la tão bela, as pernas longas e magras, os pés suaves na sandália. Mas não, não quer esquecer isso, minha adorada ave velha e gasta. Não ia esquecê-la.

Depois vieram o crime, o assassinato dos cães, o sangue derramado, a noite escura, e os olhos não pararam mais de persegui-lo, até ficar no canil, se acostumando com a vida de cachorro, comendo em cochos, às vezes, e às vezes bebendo água em vasilhas de lata. O mundo sabe o que faz, não sabe? Não queria acreditar, acreditava, no entanto. Sobretudo quando as coisas aconteciam a seu lado e ele não sabia o que era. Tantas coisas aconteciam a seu lado. Até mesmo atravessar uma ponte andando. E sem saber que havia atravessado. O susto de olhar para trás e vê-la. Tudo era assim: surpresa e vento. O padre não dissera no púlpito tudo é vaidade e o resto é o vento que passa?

Os matadores de cães tinham saído? Por quê? Os olhos viram, ele percebeu claro que os olhos viram, andando, passou pelo corredor e depois pela porta, sempre pela porta, daí que os olhos viram. Estavam parados. Todos os homens estavam parados, dois em pé, outros sentados nos tamboretes altos, a garrafa de aguardente exposta, e o prato de comida sobre o balcão. Viram?, eles viram, sabe o que é topar em cada esquina, de óculos ou sem óculos, os olhos o espiando a cada passo?, ameaças, sempre ameaças?, quem sabe responder? Não, nada. Todos eles olham e não dizem nada. Um que vem a pé, andando, outro que está numa bicicleta, parado, mais um na direção de um carro, estacionado. Todos, todos. Já disse: uma procissão de olhos. Esperam o quê?, que alguém fale, é? Houve um que dissesse tudo bem? Foi, não foi? Disse e sumiu. Porque o olho vê e depois some. Assim, sem palavras, ou breves palavras.

E viram, sim, os olhos viram quando ele saiu pela porta principal. Não subiu na janela, não correu pelos fundos, não saltou móveis e cadeiras, não pulou muro, saiu. Estavam bebendo. Eles estavam bebendo. Bebendo, bebendo, bebendo. Precisavam beber para matar cachorros. Noites, horas, madrugadas inteiras. Cachaça, carne de charque com farinha mais ovo, farofa. Sabe esse jeito de gente que olha sorrindo? Nem ficou sabendo: de ironia e ou de simpatia? De uma coisa ou de outra. Os olhos sorriram, os olhos, sim, sorriram. Solidários com a fuga? Acredito mesmo, nem precisava forçar, que não estava fugindo. Todos viram. Todos.

Também não arrepiou pressa. Não pensou, nem sequer pensou nisso. Só o jeito de andar, o jeito de sempre. Talvez fosse procurar Rachel. Agora que não era mais nem cachorro nem gente, nem nada, podia procurá-la sem pressa. Uma noite, outra noite, ele chegaria. Por que saiu assim e nem disseram aonde você vai? Não, sentiu os pés no chão, o chão ainda quente de sol, e foi entrando na noite, foi. Queria andar, sentia uma brutal vontade de andar, gostava tanto, talvez sem falar com ninguém. Não era desejo falar com as pessoas. Aliás, nunca falava. Andava e não falava. Tinha os ouvidos de Rachel. E bastavam.

Quando a encontrasse, se é que a encontraria mesmo, ia contar tudo isso, para que ela própria pudesse lhe contar depois, dizendo que já sabia tudo, eram lembranças, só lembranças, e Alvarenga ficou com os dedos coçando a cabeça, bem no fim da testa, no começo dos cabelos oleosos, e pensando lembrança a gente nunca esquece, não era o que tinha vontade de perguntar?

Ia perguntar, agora não era dúvida, estava certo, havia uma certeza, lembrança não se esquece, se esquece, Rachel? Diga a verdade, diga só a verdade, não precisa acrescentar, você sabe de tanta coisa, até de coisa que aconteceu diferente, ou que não aconteceu, e você diz que foi assim, não foi?

Sempre com a lembrança. Podiam entrar na lembrança um do outro. Conhecia bem o que era, conhecia. Era possível assim que ele agora estivesse se lembrando e entrando na lembrança de Rachel, era ela quem se lembrava. Não era ele. Ela lhe fizera esse tão grande favor. Entrava na lembrança dele para que ele pudesse se lembrar. Dessa forma os dois conversavam. Ela diria, ela diria que o que passava a contar seria uma lembrança de Alvarenga, ele que se lembrava e ela se lembrava também. O jeito de os dois conversarem. Sempre conversavam. Mesmo quando estavam distantes, bem distantes, você se lembrava?, e ela se lembrava, contava, recontava. E ainda pedia que ele ficasse em silêncio. Sempre. Insistia que sabia mais, mesmo que tivesse acontecido com ele. Foi se acostumando e ficando em silêncio. Ela falava, falava. O que dizia, era certo, nem tinha acontecido. Mas ele acreditava. Acreditava no que não tinha acontecido. Afinal, era Rachel.

Às vezes, nas festas, os convidados pediam conta uma história de Alvarenga. E ela contava. Contava uma história que nunca aconteceu com ele. Não somente com ele, mas com nenhuma pessoa. Sempre inventava, sempre gostava de inventar. Tantas histórias, tantas.

Agora ela diria que havia sido desse jeito. Diria que ele entrou num carro e foi passear com as mulheres da pensão e nem se lembrara de tocar a corneta. Passara o tempo inteiro conversando, bebendo, quem sabe se divertindo nas camas. Fecharam depois as portas e as janelas, fizeram uma farra brutal, de noites e dias. Pensava que Alvarenga não tinha esse direito, o direito de beijar bocas, seios e coxas. Deixar-se conduzir por aquelas mulheres, que tinham o desejo, apenas, de se divertir com ele. Perguntou se ele a estava ouvindo. Sim, estava, elas não me deixaram voltar, tentei fugir várias vezes, não deixaram. Você também está me ouvindo, não está? De forma alguma podia ouvi-lo, ele não falava, o Pato Torto. Pretendia ser valente e a valentia não chegava à boca, à língua, aos lábios.

Pois que ela, ela própria, na falta do acompanhante, cheia de lembranças e remorsos, remorsos e invejas, descia e procurava tocar a corneta na calçada, enquanto ele se divertia com mulheres. Você tem razão, sabe muito mais do que eu, entenda, eu não teria como explicar minha ausência, nem justificá-la. Vestida de quê? Vestida no quê? Vestida de mulher e ele repetindo, também cheio de remorsos, foi assim, assim mesmo. E ela soprava, e soprava, e soprava. Não, os sons não vinham, os sons nunca vieram, mesmo nos dias em que ficara no quarto da pensão, tentando, se esforçando. Muitas vezes ficava na janela, de pé, a mão no parapeito, com a esperança de vê-lo dobrar a esquina, esse safado.

Aí dobrou a esquina e os olhos acompanharam. Os seus olhos, os olhos dele.

Os Segredos

5

A dor passeia na cidade

Esta é Rachel? Qual é a forma de Rachel? Rachel? Estava ali? O coração suspeitou. Se o coração não suspeitasse, não entenderia, não tinha como entender. Ela ali?, não, não era ela. O vestido sujo, os cabelos assanhados, chinelos? Se aproximou, foi se aproximando, não pôde entender aquela mulher de olhos tão distantes dizendo quer hoje? As mãos na saia, parecendo que ia levantá-la, mais implorando do que dizendo, o nariz bem na frente dele, falando-lhe quase no rosto, será que vira Alvarenga? Nariz com nariz, e ela perguntando assim tão perto. Não a ele, ela não perguntava nada a ele, falava com quem?, com o vento, com as gentes. E ele de pé, espiando, olhando aquela mulher que ia na esquina, caminhava, chegava às mesas, parava, vinha até a porta, Alvarenga? Alvarenga? Por que ela gritava daquela maneira? Por que se comportava daquela forma. Era Rachel? Seria Rachel? Também ele queria dizer Rachel, mas o nome não saía. Talvez estender o braço. Tocá-la de leve com os dedos.

Como era o beijo de Rachel, Rachel beija?, a pele de Rachel, o sangue de Rachel? Não sabe, sabe que não sabe, ex-cachorro, nunca teve Rachel, não foi para isso que quis Rachel. Não para ele, pessoalmente. Para o amor. Nada disso. Para protegê-la. Para tocar corneta, chamando os amantes, para ganhar chocolate e para estar junto, sempre junto, sem que tivesse de dizer uma palavra. Podia desejá-la? Que era aquilo que ardia na carne? Feito bolero tocando no rádio. Na radiola. Tocando. Amar intensamente. Amou-a intensamente. Ama-a intensamente? Apenas algumas palavras repetidas, repetidas, repetidas. Não queria, não podia, não, não era uma questão de não poder, de não querer, era que as coisas se tornavam assim, sem uma resposta, sem uma palavra, as coisas não são sempre assim? Por que ficar perguntando? E respondendo. Respondendo. Intensamente? Onde ouvira isso? Onde ouvira amar intensamente? Dessa mesma maneira que todos diziam: amar intensamente. Amar é muito, não é? Amar intensamente é muito mais ainda. Não queria esquecer as palavras. Não queria. E não esqueceria. Amar Rachel. Amar intensamente.

Assim ela é Rachel, está certo, não vai ter dúvida nunca, não pode não quer ter dúvida nunca, ela é Rachel. Quer hoje, perguntava. E por que não diz baixo, se falar baixo ela escuta melhor. Rachel, é você mesma, Rachel? Quer pegar na minha mão se eu estender a mão? Quer pegar na minha mão? Quer pegar no meu braço? Quer pegar meus cabelos? Quer? Mas não estende, você não estende a mão, os cabelos, o braço, não vai tocá-la, nem mesmo mão com mão, nem com os dedos, nem com os pés. E ela está parada, tão pobrezinha e tão triste, está de pé, minha desprotegida, na verdade está aqui, com esse jeito meigo, ela sempre foi meiga, com os cabelos soltos e o busto denso, mendiga, ex-cachorro e mendiga, juntos, para que é que eu vim, para é que vim, para é que vim?, para testemunhar, foi? Uma mulher recortada na noite, e se ele disser Rachel?, ela vai se mover, ela vai voltar a cabeça e vai dizer Alvarenga?, você está aqui, Alvarenga?, por que você foi embora, Alvarenga? E se ela não disser nada, se ela disser apenas quer hoje?, como é que vão ficar meus olhos?, e as minhas mãos?, e os meus cabelos?, e o meu corpo?, como é que fica? Nem parece, Alvarinho, está cantando bolero? Parece cantor de rádio. A mãe não ria. Mas se começasse a gargalhar, estava percebendo, bem percebendo, ninguém ia estranhar. Bolero de rádio.

Bolero, respondia, os olhos brilhosos, eu sei cantar bolero. Cantar bolero e amar intensamente. Ah, eu sei.

Gostava de ouvir cantiga de rádio. Talvez tenha se lembrado dessa história de mulher recortada na noite por causa disso. Recortada? Por que recortada? Estava na letra de que bolero, de que canção? Quando vendia sorvete na praça Chora Menino ouvia de tudo isso, de tudo isso um pouco, como se as pessoas quisessem lhe dizer alguma coisa. Sempre tinha a impressão, sempre tinha impressão de que as pessoas tinham alguma coisa para lhe dizer. Feito os olhos — a princípio foi pensando que a pessoa e os olhos queriam lhe dizer alguma coisa. Foram se mostrando, os olhos, rápidos, gente que passava e olhava, e depois sumiam. Sumiam dias seguidos. Depois se aproximaram mais. E depois, bem depois, os olhos foram se aproximando, chegaram perto. Muito bem perto. Não gostava, não gostava, não, não gostava daqueles olhos, porque eles não pareciam simpáticos nem de longe. Será que fora mesmo por causa dos cachorros, do canil, o que é mesmo que tinha a ver uma coisa com a outra? Mas o que era mesmo que ele podia ter feito? Precisava esquecer os olhos. Nessa noite, querendo cantar, prometeu esquecê-los. Chega, chega, chega. Esquece.

Até que vieram os cachorros, acordou muitas madrugadas. Acordava muitas madrugadas com aquela inocência de amar Rachel, carregava sempre esse prazer de amá-la, esse imenso prazer de amá-la. Mas aí, mas aí, sim, quando os olhos batiam no teto, ali mesmo no pé da escada, no pé da escada da entrada da pensão, sentiu um calafrio, uma coisa esquisita no corpo, e logo, logo, logo, se lembrava dos olhos. Feito os olhos estivessem ali o tempo todo, como se não fossem se afastar mais, nunca jamais, em tempo algum, em momento algum. Os olhos primeiro eram muitos olhos, dezenas, diversos, centenas, e depois um olho, um grande olho no teto que ia aumentando, aumentando, aumentando, até se transformar num cavalo alado. Um grande e belo cavalo alado. Nem isso. Era Rachel que sempre enfeitava o sonho. Não, por favor, não. Os olhos se transformavam em moscas, em grandes moscas azuis, azuis e pretas, voando, voando, voando. Os olhos eram moscas. Muitas moscas. Se transformavam em moscas e metiam medo. Quem foi que inventou essa história de cavalo alado? Rachel, era ela, Rachel, para melhorar meu sonho. Para que ele ficasse belo. As mulheres costumam melhorar os sonhos, não é?

Soube mais tarde que quem sonha com essas coisas, ou vê essas coisas, é doido. Maluco completo. Inteiro. Mesmo as pessoas que tinham respeito por ele. Na verdade, todos tinham respeito por ele. Nunca lhe disseram você é doido, você é maluco, Pato Torto. Ele sabia. Sabia que as pessoas não tinham coragem de dizer que ele era doido e nem diziam Pato Torto. Por que era Pato Torto? O que significa Pato Torto? As pessoas guardavam distância. O melhor dele é que as pessoas guardavam distância. Guardam distância. Guardar distância já era uma vantagem enorme. E era só o que ele queria, só o que desejava. Não sabia dizer, como era que ia dizer às pessoas. Assim mesmo. Aliás, nem valia a pena. Quando as pessoas dizem você é louco, passa a ser louco o resto da vida. E aí está bom. Está ótimo.

E buscava coragem para pedir ajuda, uma ajuda que fosse, uma pequena ajuda que fosse, qualquer uma, um dedo mínimo que pudesse mudar a situação. Não falava, não falava com uma só pessoa, não dirigia nada, não falaria nunca. Você sabe o que tem a força do silêncio nessas ocasiões? Você sabe? Faz ideia do que seja o silêncio pairando na sala, no quarto, na esquina? Tanto podia dizer isso a Rachel, tanto podia dizer, assim, com essas palavras. Ela não ia acreditar. Ela ia dizer que ele era um bom companheiro, que era muito, muito bom.

E era ainda, muito mais ainda, talvez ela lhe dissesse aquela outra palavra de que tinha ódio e medo, aquela palavra que diziam ele nem sabe o que diz, coitado, é uma palavra que nem sabe o que diz: idiota. Quando as pessoas não diziam com os olhos, diziam com a boca mesmo. Aquelas pessoas que não tinham piedade de nada, de coisa alguma, de coisa com coisa, diziam essas palavras. Aliás, até gostaria que os olhos lhe dissessem outra coisa. Mas só tinham ódio e medo. Por que ele não esquece? Por que ele não esquece logo aquilo que aconteceu? Com ódio, com medo, com vergonha. Sentia uma vergonha imensa de tudo aquilo, tudo aquilo que já havia passado. Agora era só ele e Rachel. Rachel não fala, Rachel não diz nada, fica só ali no meio da rua, na calçada, sem dizer nada, sem dizer coisa alguma, repetindo palavras, repetindo, repetindo, e ele cantando boleros de rádio.

Por que se lembrar agora dos olhos? Os olhos se foram, ganharam distância, sumiram. Acredita, Alvarenga, acredita, os olhos não voltam nunca mais. Se foram. É só acreditar, e quando a gente acredita as coisas acontecem, é só acreditar. Vai, acredita, vai.

Gostou de ter pensado numa mulher recortada na noite, era ela, ela é, faz tempo podia ter pensado assim, faz tempo podia ter pedido à mãe para anotar essas palavras num papel e bastava agora desvendá-la, talvez se tornasse mais fácil, talvez repetindo as palavras. Recortada. De onde vem essa palavra tão esquisita? Talvez bater em seu ombro, você é uma mulher recortada na noite?, e que coisa essa tão maravilhosa de ser essa mulher recortada na noite, essa mulher é Rachel?, é você, Rachel? Arrastou-se até o meio-fio, Alvarenga arrastou-se até o meio-fio, e sentou-se nessa noite chuvosa e friorenta, essa noite chuvosa e friorenta do Recife, nem sempre as noites chuvosas e friorentas do Recife são chuvosas e friorentas. Vê a mulher recortada na noite e sente um sopro na carne e percebe que está cada vez mais distante, muito distante, bem distante, como é que se diz mesmo?

Com uma alegria, é assim que se diz?, com uma alegria contida, não, uma alegria contida não, uma alegria de pássaro exposto ao sol, ao sol e à chuva, alegria e pássaro cujas asas não pedem voo, não é porque sabe voar que um pássaro é feliz, não é isso, alegria de pássaro que se mantém silencioso e tudo isso, e pássaro, e somente um pássaro, talvez nem isso, basta ser esse Alvarenga sentado no meio-fio, vestido nos andrajos e no chinelo de ouro, vê Rachel ali recortada na noite, nunca mais vai esquecer isso, assim como nunca vai sair dali, embora ela comece a andar, Rachel começa a andar, é ela quem anda e por que ele não a acompanha, vai perdê-la de novo só porque pensou nunca mais vai sair dali? Não quer acompanhá-la? Não sabe acompanhá-la? O que também significa, se isso ainda não perguntou, perguntou?, estar ali, Rachel à sua frente e ela saindo, outra vez saindo, ela volta, não volta? Quem é que conta? Rachel fala, não fala? Porque se for a ela, porque se chegar perto, porque se disser Rachel, aí os dias e as noites se espatifam, não, não é isso, não, vai estender os dedos, vai estender as palavras e ela se volta, com certeza ela se volta, ainda está ouvindo as palavras quer hoje?

Rachel ficou tão engraçada.

Olhos vazios, gostava de pensar, olhos de cão vadio, olhos de gato, não, olhos vazios de gata, olhos vazios de gata velha e vazia, ficava olhando os olhos, os olhos de Rachel, bem diferentes daqueles outros olhos, surpreendentes e intensos. Eles estavam no quarto da pensão velha de podre. Tiraram as roupas, os dois nus, olhando um para o outro, olhando-se os dois. Os dois se olhando e parados. Olhos cinzentos. Cinzentos e vazios.

Pensou que ia baixar a cabeça, mas ela continua de olhos abertos, bem abertos, olhando para ele, não tirava os olhos e ele também olhando e sem dizer nada, sem dizer coisa alguma, sem dar um passo. Eles não davam um passo em direção um do outro, ali parados. Dois amantes, amantes e nus, num quarto de tabicas, não se abraçam? Ele dizia pensando, sem dizer, pensando, uma cena tão comovente, só na cabeça dele, ria, rindo, espantados. A mãe tinha lhe ensinado a ler, palavra por palavra, e lia, pouco, tão pouco, quase nada, e lia, com esforço. Pouco, muito pouco. Onde foi que leu aquilo? Cena comovente? Feito fossem passar a noite, toda a noite os dois se olhando, sem sair do lugar. Perto estava a cama. Uma acanhada cama de lençóis antigos, se puindo, limpos, dois travesseiros. Uma coisa tão antiga aquela, uma coisa tão antiga, e velha, e humilde, num cano de parede uma bacia, meu Deus, uma bacia. Ao lado da bacia uma jarra com água, limpa, para as lavagens, humildes e humilhantes.

Depois do sexo, a mulher se ajoelhava diante do homem, um momento que nem mesmo ela conhecia, mas com quem acabara de amar, só um pouco, com pouco tempo. E agora estava ajoelhada, diante do homem de pernas abertas, e nu, sempre nu, ela lavava o sexo dele, primeiro com água e depois com água e sabão. Coisa esquisita, esquisita e terrível, ajoelhada para lavar o homem, ainda nu, com o cigarro na boca, de chapéu, nunca tirava o chapéu, nem para os prazeres nem para as angústias. Tudo numa lama só.

Ele sabia que ela percebera. Ou não? Ela não percebia? Não diziam nada, ninguém dizia, só aquele clamor de loucura, os dois sentindo uma agonia nos ombros, no coração. Não é para sentir, não é? Não é para sentir uma gastura? Aquilo de lavar o sexo do homem enquanto ele olhava pela janela, o cigarro no canto dos lábios, sempre a gastura, muita? Às vezes vomitava. Ou com a sensação de inutilidade. Coisa mais besta, a mulher nua, o homem nu, lavando as coisas dele e olhando pela janela num absoluto desprezo. Desprezo não quer dizer sem amor. Basta ser com desprezo, naquela hora, e a mulher tem os olhos tão vazios que poderiam passar por sombras. Ela estava com a cabeça baixa. A mulher se ajoelhava e lavava, depois se levantava e jogava a água fora. Na pia, não, os homens nunca se lavavam nas torneiras ou no banheiro, sempre ela lavava, tinha que se ajoelhar, e lavando, e lavando, e lavando, o homem tão obstinadamente em pé, já com sapatos e meia. Elas não se incomodavam nunca, não, nunca se incomodavam, mulher era para ter orgulho de homem mesmo, lavar e lavar com carinho, para os dengos.

Mas ele mesmo, ele, Alvarenga, não gostava. Se era costume, tudo bem, nunca nem se lembrava de evitar, uma coisa não evita a outra, não gostava. Não gostava mesmo como elas ficavam, lavando, lavando sempre, ajoelhadas. Ajoelhadas e humildes. Quer saber, nem sempre humildes. Atendiam apenas aos clientes antigos. Só isso. Mulheres humildes e mulheres fortes. Mulher, qualquer uma, tem dengo e sedução. Era muito fácil perceber a doçura nos cabelos e na pele. A leveza da mão, pura pluma. Os dedos e, às vezes, os beijos.

E por que ficar em silêncio? Hein, por quê? Ele sabendo que era ela — nenhuma dúvida, nenhuma dúvida — e ela sabendo que era ele. Com certeza. Não precisava perguntar por que ele havia fugido, até questionaria se lhe fizera alguma coisa? E ele talvez dissesse não, não fez, ninguém precisa fazer algo para mudar, fui à feira, fui apenas à feira buscar os restos de frutos podres, e aí comecei a voltar. O saco cheio de frutas e de verduras, algum pão, só voltando, voltando, caminhava por ruas que eu não conhecia, talvez até conhecesse antes, talvez, noutros tempos eu saberia onde estava. Por algum motivo ela queria saber se era verdade mesmo. Acredite no que eu estou lhe dizendo, e ao invés de chegar em casa me afastava cada vez mais, quer dizer, acho que foi assim. Ela pensava se ele acreditava de verdade no que estava contando.

Quero dizer, acreditava, Rachel, embora eu não tivesse ido a feira alguma. Saí do canil enquanto os homens bebiam e não disseram nada. Está bem, tudo bem, agora eu falo sério. Eu não queria andar e estava caminhando, sempre caminhando, no sentido contrário ao da casa. No sentido contrário porque era uma coisa que me movia, não que eu me movesse, uma coisa que me movia. Ela queria saber que coisa era essa. Não me pergunte, não me pergunte, era uma coisa, mas se está ficando estranho, então tira também essa coisa, não era coisa, coisa alguma, eu só fazia andar. Então me perguntava, posso dizer, não posso? Então eu me perguntava se quero voltar para casa, por que é que não estou voltando para casa me virando para o lado oposto?

Eu sei, Rachel, eu sei. Assim mesmo eu pensava: a rua que me leva a minha casa é por aqui, é aqui, e aí entrava em outra rua, a rua que sabia não me levava para casa, não era por ela que devia entrar, devia ser pela outra, por outra rua. Pela rua, não, pela calçada. Como? Ah, sim. As pessoas andam pela rua quando deviam andar pela calçada, não sabe disso, não sabe? Todo mundo sabe, todo mundo sabe e faz errado, vai para o meio da rua, e eu ali, no meio de outra rua, não era a rua que me levava a Rachel. O que posso dizer é que me afastava, me afastava de você, e não era o que eu queria, forçava uma vida que não desejava, queria ficar perto de você.

A rua me levava para longe, para bem longe, e até sentia vontade de chorar por uma coisa que devia fazer e não fazia. Não por querer, não por não querer, não por nada. Estava me afastando dela, estava indo para longe, para bem longe. Ou não. Até podia ser que fosse para mais perto, mas eu não sabia que estava perto, podia até encontrá-la. E não falava, não falava sabe por quê? Sabe por que mesmo? Porque não era meu destino falar com ela. Fedia a mijo de cachorro, a merda de cachorro, a bicho de cachorro. Tinha que acreditar, porém, que estava distante. Se falasse, desmoralizava a distância. E eu não vou desmoralizar a distância só para ficar mais perto. Porque também, se isso é verdade, se desmoralizo a distância, quem fica desmoralizado sou eu. Nem pensar. Nessas coisas a gente nem pensa.

Os dois parados. Um na frente do outro. Nus.

Ele tinha certeza, convicção, de que aquela era Rachel. E por que não estendia a mão? Por que não dizia uma palavra? Seria medo? Medo seria essa coisa escura, era? Ele também não queria. Com todo aquele carinho, não queria que falasse. Às vezes imaginava que não desejava que ela o amasse. Sempre assim. Ela não precisava amá-lo. Não necessitava lhe falar. Era ele que pretendia falar. Agora não sabia dizer o quê. Às vezes, e de certa forma queria, não conseguia dizer, as palavras ali na boca e não saíam. Por que não fazia um gesto? Uma mão estendida, um piscar de olhos, uma maneira de mover a cabeça. Não, não conseguia. Agora queria e não conseguia. O corpo, o seu corpo, não estava reagindo?

E se ele se ajoelhasse? Assim mesmo, desejava se ajoelhar, desejava se ajoelhar, o corpo não reagia, o corpo não andava. Se sorrisse? Era tão simples sorrir? Não conseguia, meu Deus, não conseguia. Estava apenas ensaiando dentro dele. Ensaiando o sorriso. Sorrindo. Será que ela percebia que ele sorria? Não era possível, estava sorrindo, ele sabia que estava sorrindo. Ela não respondia. Ficava com aquele rosto quieto, parado, inviolável. Mesmo assim ele sabia, ele sabia, ele sabia que ela o reconhecera, ela também queria falar, diria alguma coisa.

Com certeza ela queria sorrir, não precisava nem olhar para os olhos dela. E ela continuava daquela maneira — parada, quieta. Ele não sentia, não sentia os olhos de Rachel completamente esvaziados. Esvaziados e inexpressivos. Não dizem nada, não têm a menor simpatia. Isso assim — esvaziados, inexpressivos e sem simpatia. Antipáticos, não, antipáticos, nada. Vazios esses olhos. Os olhos da mulher. Da menina, não.

Você não fala, Rachel, não conta?

Agora, Alvarenga pensava que talvez pudesse chegar mais perto. Um passo, apenas um passo. Estava seguro de que, se chegasse perto, a respiração no rosto, ela começaria a contar a história. A sua história, a história dos dois, a mesma história, sombria e dilacerada. Com breves mudanças e até sem mudanças desde que ele chegara com ela à zona, naquele imenso, triste, barulhento mas solitário, Bairro do Recife. Com cheiros tão esquisitos nos cantos dos prédios. E não era um bairro, apenas um bairro. Era, sobretudo, um conjunto de situações e de dramas, de dramas e de alegrias, Um modo de viver. O Recife Antigo, com sua imponência de casas antigas e conversadoras, prédios com escadas imensas que quase pareciam desaparecer no alto, era um modo de vida. Alvarenga repetiu várias vezes, mais com sentimentos do que com palavras e ideias. Vendo Rachel à sua frente.

Queria falar, as palavras não chegavam. Queria mesmo falar? Naquele quarto acanhado, onde as paredes de madeira se enchiam de retratos de artistas e de mulheres em carne chamejante, procurava a si mesmo, e procurava Rachel. Ali à sua frente, ela estava. Reconhecia. Talvez estivesse. Será? Porque não conhecia a identidade despida da mulher. Nunca conheceu. Vê-la assim era uma forma nova. Duvidava, de uma hora para outra, duvidava que fosse mesmo Rachel. Agora duvidava. Ela o levara para o quarto, os dois juntos, e se tivesse que testemunhar, novamente, o assassinato dos cães, a carne dos cães, o sangue dos cães?

Cães. Cães. Cães.

Era uma estranha, mulher que pede favores nas calçadas. Bebendo. Ela bebia? E sem beber. Sempre. Agora está certo: sem beber. Dizendo, apenas com a face esfogueada, que ela devia contar a história. Que história fosse, que fosse, agora ela podia contar a história. São de Rachel esses peitos?, e são de Rachel esses cabelos?, e a face macerada?, e o ventre?, e as pernas? Havia, em algum momento, visto Rachel nua? Ela andava, se expunha, no interior da casa. De calcinha ou de sutiã? É possível chamar aquilo de nudez? Familiar e íntima, impossível que nela houvesse nudez. Impossível. Sem rir, sem rir, não queria rir. Podia pedir para sentar-se. Os dois sentados e ela falando. Rachel, seria Rachel? Estava bem assim, um contava a história do outro. O que não devia era ter ido para o quarto. Conversariam sentados no meio-fio. Os dois. Juntos. Ouvindo a noite e a música do Bairro do Recife.

Não têm coragem? Ela não teria coragem para contar a história dele? Então contava a dela, pronta. Sem falar? Sem falar era impossível, mas podia. No entanto, era possível, bem possível, sim. Seria inconveniente perguntar o que era que eles estavam fazendo ali? Devia dizer que quando a gente vive já está contando a história.

Então fica assim. Em silêncio. Sem falar.

Em silêncio as pessoas conversam, ele pensou. Pensou? Como é pensar? Conversa ou tira lembrança de lembrança? Coisa mais besta, coisa mais boba. Se estivesse falando ela diria que nessas coisas as pessoas não pensam. Devia fazer assim, esquecer. Tinha coisa melhor do que esquecer?, ele respondendo isso é que é bom demais. A gente esquece que tudo está terminado. Tem sensação melhor? O alívio de que as coisas terminaram. Feito quem abre a janela e o dia começa. Sim, ele se lembrou de que podia carregar a vida de Rachel nas costas. Que bom era. Ela nem precisava viver. Nem precisava viver, não, nunca mais. Rachel eterna. Iria carregar a vida dela e ela nem saberia que tinha uma vida. Não precisaria saber que vivia. Ele cuidaria. Seria uma vida imensa e bela.

Ele cuidaria da vida dela e ela jamais saberia que sua vida estava em perigo ou protegida, porque dali para a frente era ele quem cuidaria de tudo. E se não fosse ela que estava ali? Teria que pegar no seu peito, no seu ventre, nas suas coxas? Como teria? Não importava, agora não importava. Nunca pegou no peito, no ventre, nas coxas dela. Como saberia, então? Mesmo que tocasse naquele momento, como saberia? Sua vida não era a vida de Rachel, estava convencido. Teria a sua própria vida e ela vai ter a vida dela, com os gostos dela, os prazeres dela, as tristezas e as alegrias. Não precisava se preocupar. A preocupação seria dele. Com a vida e com a alma dela. Quem cuida do corpo, conhecia desde a infância, nas aulas de catecismo, cuida da alma. Seria assim. Seria. Seria e já está sendo. Rachel seria Rachel, não os dois num só corpo, cada um com o seu corpo e cada um com a sua alma.

E com uma convicção, uma convicção absoluta: ele era ele, Rachel era Rachel. Como seria? Ainda ia pensar. Esperasse um pouco. Queria dizer — pensar muito não seria necessário. Estava decidido e tudo. Desde aquela hora, desde aquele momento. Cuidaria da vida dela, ia conduzi-la, carregá-la, mesmo quando estivesse distante. Quem zelaria por ela seria ele. Seria a vida de Rachel, ele, seria ele. Não seria Rachel. Isso era outra coisa. Podia ser ela, podia não ser. Não importava. Ainda que conduzindo um pacote, estava ali, em cima de mesinha, com o feto que lhe entregaram para enterrar, lhe disseram. O pobre cristão. Cansado, ele pensava, cansado. Tinha merecimento de se deitar? Cama, cama, cama. Tomando-a pelo braço, era possível, e levando-a para a cama. Seria agora ou depois? Se ela quiser, é só se deitar. Ainda teria algum tempo para permanecer ali. Permaneceu no lugar. Os dois calados.

Aquela não era Rachel. E se fosse?

Podia tocar a corneta para chamar os amantes. Um toque rápido e, com certeza, alguém bateria à porta. Não, ainda não estavam na cama. E nem tocaria corneta. Pelo simples fato de que não havia mais corneta. Aprendeu a tocá-la ainda na infância. Não, na infância, não, na adolescência. Que adolescência? No tempo em que chegou à casa, foi em casa?, e disse à mãe música, música, música. Com aquele esforço de mover a boca, a boca se movia, os lábios contorcidos de pé, na sala. E ela com a paciência de escutar. Nem parava, continuava escutando — lavava a roupa, enxaguava, engomava. Ele falando, tentando falar, tentando dizer. De tanto esforço, as lágrimas sujavam os olhos, arriava numa cadeira, não, num banco, a casa nunca tivera cadeira, insistia. Uma palavra, somente uma palavra. Seria capaz de repeti-la? E dizendo música, música, música. A mãe estaria surda ou era paciência mesmo? Sem levantar os olhos, ou a cabeça, fazia hum, hum, e a conversa estava terminada.

A mãe teve a ideia de criar a biblioteca de Alvarinho. Contudo, não se pode, ou podia, chamar aquilo de biblioteca — eram duas ou três caixas de livros jogadas no chão. Apenas duas ou três caixas, tudo misturado. Havia um instante para os estudos, à tarde, e um lanche reduzido a um pedaço de pão, recolhido no lixo e limpo. Ele devia se sentar numa mesa, um caixão improvisado, e um caixote.

Alvarinho não conseguia se concentrar, rabiscava num caderno, tentava ler, palavra por palavra. Lia, ele lia palavras pequenas, duas, três letras. Queria mostrar à mãe. Coisa incrível aquela de ler uma palavra. A mãe, destituída de inteligência, tomava as lições no fim da tarde. Verificava no livro do professor. As respostas prontas. Ela falava que ele escrevesse e mostrava a figura de um corpo humano com vários pontinhos de lado. E ele, com aquela lenta, triste e monótona agonia de lápis que se arrastava no papel e de quem vai ao extremo do cansaço para escrever, suando, a palavra perdida. O lápis marcava os dedos que empalideciam, um traço profundo. Não havia escrito corpo, nada que sugerisse a palavra corpo. A mãe ralhava. Ele batia com a mão fechada na mesa. Suado.

Tentava, tentava, a mão não obedecia. A mulher ia até a porta e ficava olhando a rua, desamparada. Às vezes limpava as mãos no pano de prato. E o rosto, por causa do suor. Depois voltava lerda. Olhava o caderno. O que estava ali era uma espécie de homem deitado, garranchos, o esforço valente do desenho, se possível, ver um desenho. Os olhos parados, ela diz homem, um homem. Estava feliz. Corpo, corpo, corpo. Nem corpo, nem homem. Forjava a boa vontade para acreditar. Era um garrancho. E ela queria acreditar, com ele, no desenho. Nenhuma palavra. Nenhum desenho.

Agora a palavra quatro. Ele escrevia, desenhava, aquele enorme sacrifício de músculos doendo nas mãos. O misto de palavra e desenho. Palavra de espécie alguma. Um esforço de desenho. O lápis não obedecia, nada obedecia. Ele colocava a língua de lado, no canto direito da boca, mastigava, mastigava, mastigava, por pouco não a decepava. Deitava o busto inteiro sobre a mesa. Os ombros tensos. A baba caindo nos cadernos, nos livros, nos papéis. Ela pensava que ele ia conseguir. Um dia juntaria palavras. Poucas palavras, poucas. Palavras, porém.

A mãe escrevia bilhetes aos professores: corpo é porco, quatro é quarto. Com aquela letra que ninguém entendia.

O que ela queria dizer era isso. Não era bem isso que estava escrito. Difícil compreender a letra da mulher e distinguir o que era corpo e o que era porco, o que era quatro e o que era quarto. Mesmo que fosse copiado do livro do professor com resposta, exercícios e tudo. Para escrever era preciso mais de uma página, porque riscava cada palavra, cada tentativa de palavra, tentava apagar, escrevia de novo, a palavra em cima da outra, borrão e garranchos, juntava duas palavras, inventava outras, e insistia, insistia, insistia sempre. Sentava-se no caixão, sentava-se na soleira da porta, sentava no chão. Escrevia, escrevia, escrevia. Era quando não suportava mais e balançava a cabeça. No fim garranchava — o porco no quarto é igual ao corpo de quatro.

Perfeito.

Nem falava, nem cruzava lembranças. Rachel nem contava por Alvarenga. Ela que se deitou, primeiro, foi ela que se deitou. Ele também. Lado a lado, dessa forma. Juntos, os olhos no teto, preguiça e lassidão. Qualquer coisa que dissesse era qualquer coisa. E pronto. Saíram do meio-fio sem trato. Costume de estar juntos. Apenas. Viu os olhos? Na noite andando pelas ruas, madrugada de ventos e sombras, não viu os olhos. Viu a mulher se aproximando com um pacote. E na outra calçada, sempre na outra calçada, os olhos. Riam. Os olhos riam e as bocas riam. Os mesmos homens, os mesmos, eternos. Deixaram que ele saísse do canil, os olhos vigiavam, porém.

Teria ouvido um gemido? Mesmo? De onde vinha? E viu: voltou os olhos para a parede em frente e pôde ver, os olhos acreditaram, a porta estava só encostada. Pela abertura, muito breve, havia duas cabeças e, com certeza, um pescoço, e o busto. Beijavam. Apostava que eram um homem e uma mulher, no meio escuro da noite. Duas cabeças? Duas sombras? Beijavam-se e depois gemiam. Beijavam-se e depois gemiam. Beijavam-se e depois gemiam. Rachel parada. Não movia nem um braço, nem uma perna. Talvez batesse os olhos.

Sussurros, ele escutava. Escutava e já agora espiava, sem adivinhar, os ombros se moviam, os ombros daquilo que acreditou ser um homem se moviam. Não era uma sombra, não era uma sombra coisa nenhuma. Passava a mão nos cabelos da mulher, nos cabelos que se derramavam no travesseiro. E ela, ela também, pegava no rosto dele, e beijava, beijava a face, e o nariz, e os lábios, agora ela estava beijando os lábios. Não era desse beijo longo, boca com boca. Não era. Era desse beijo de estalo. Mais um, mais outro, mais. Sim, podia perceber muito: a porta se abria, verdade que a porta se abria? Ou o ventilador empurrava. Havia muito vento naquela direção? O busto se descobria. Os bustos, aliás, os dois.

De um lado para o outro, de um lado para o outro, os corpos. Um ardor de corpos que, na verdade, lhe agradava. No entanto, a mão, a sua própria mão, não se movia. Nem as mãos de Rachel, nem os braços de Rachel, nem as pernas de Rachel. Era possível que ela nem estivesse vendo. Não via coisa alguma, será? Nem ouvindo. Nem sequer ouvindo esse casal que gemia na cama. A porta quase aberta. A porta quase inteiramente aberta. Percebia os movimentos, todos os movimentos. Sobretudo no instante em que ela, a mulher, começou a gritar, uma espécie de grito abafado, que irrompia de uma garganta prazerosa. Um grito que é também um gemido. A respiração pesada e os gritos. E o homem agitado, muito agitado. Com a boca aberta, só com a boca aberta.

Pararam.

Coisa estranha aquilo tudo, porque o casal relaxava bem, relaxava muito, um sobre o corpo, corpo a corpo ou corpo contra corpo porque agora era possível vê-lo inteiro. Inteiro mesmo. A porta fora aberta de tal maneira pelo vento, ou pelo ventilador, que era feito se não existisse nem porta. Ou melhor: nem porta nem parede. Tudo escancarado e o casal nu na cama. Em silêncio. No mais absoluto. Sem rir. Sem falar. E ainda deitados. Os dois deitados, mas a mulher tinha as pernas sobre o homem, na altura do ventre. Coisa esquisita.

Só queria saber se Rachel estava vendo. Ela que não falava. E que, supunha, também não pensava. Igual a Dolores. Quando eles moravam no sobrado da praça Chora Menino e ele nem podia ir lá. Só porque Dolores não gostava de Alvarenga. Que naquela hora estava se levantando para que fosse lavado por ela, pela mulher. Rachel se levantou, pegou a bacia com água, jogou a toalha no ombro, e depois o sabonete. Alvarenga caminhou, lento, bem devagar, ficou de pé diante da mulher de joelhos. E ela o lavou. Com as mãos trêmulas, é verdade. Mas lavou.

6

Quem chora entre as ramagens da noite?

Ficou com o pacote nos braços. Rachel ali deitada: era ela? Antes de ser corpo social, ela andou se divertindo com a carne do pai. Nem chorou quando disse que agora era dele. Tinha ido passar uns dias na fazenda. Só uns dias. E a vida agora era outra, mudada. Perguntara o que é que diria? Fora atraída desde cedo quando ainda nem havia rompido as sombras para o sangue latejante nas veias e nas entranhas. E não era um prazer vulgar, ela dissera, não era uma atração qualquer, mulher que se envolvia com homem. Não era assim, nunca fora.

Sentira uma espécie de fatalidade, dessa fatalidade que envolve a solidão da carne, e aí sentiu o suor do pai escorrendo no pescoço. Os braços eram os mesmos, a musculatura, a mesma, o suor igual. Alvarenga ouvira. Pensa com a lembrança. Agora pensa com a lembrança. Ouvira com desfalecimento e raiva, porque era ele, o pai, essas coisas não importam. Não iria exigir. Mesmo assim Rachel era pura e inocente. Não se faz sexo safado com o pai ou com a mãe, nem se perde a virgindade com depravação e horror. Naquele instante, naquele exato instante, Alvarenga ouvia a lembrança. Estava tudo na lembrança de Rachel. Podia se lembrar exatamente. Nem sequer desejava bater as pálpebras. Seria capaz de entender. Sem dúvida. Entenderia. Porque as pessoas conhecem a dor e a alegria, e ele tinha conhecimento particular da dor e da alegria de Rachel, do contrário ela não estaria contando.

Alvarenga repetiria sempre a maravilha de estar prazeroso e inocente no sangue. É assim. As coisas são assim. E de repente elas acontecem. Tudo acontece. Havia uma enorme sombra no armazém, no telhado, nas portas e nas janelas. Bastava a certeza de que ela não estava estarrecida diante do pai. É a vida, não é assim? Cumpria-se uma vida. E a isso chamam de destino. O destino não é implacável, nem pensa, não é implacável. É puro e justo. Vai daí as pessoas entenderem o que é justeza e o que é pureza. Não dá para explicar, não é? Impossível. E se tivesse de explicar bastava abrir a blusa e mostrar os seios. Somente. As pessoas e o silêncio entenderiam. O prazer e proteger. Unicamente. Ele aprendeu a proteger Rachel. Com corneta e sem palavras. Não fosse isso estenderia a mão. Um pouco, só um pouco. Quem sabe os dedos não tocariam nas suas coxas? Nunca negaria — o peito estava apressado.

A mulher entregou o pacote e sumiu na rua estreita. Uma dessas mulheres que voam nos calcanhares, acompanhada por um cachorro, um desses cachorros imundos que não fazem outra coisa senão espreitar segredos e horrores. E as sombras se fecharam, na madrugada de neblina e vento, deslizou na escuridão, reapareceu adiante, subiu a ponte. O cachorro, onde estava o cachorro? A mulher olhava para trás, às vezes, não demorou estava sumida. Como era possível ver os olhos nessa noite? Riam, eles riam. Era possível ver que os homens do canil cortavam uma carne dura no prato, bebiam cachaça e olhavam. Eram estes, os olhos. De que, para quê? Impossível revelar ou descobrir. Colocou o pacote bem no pé do poste. Os olhos riam? Não riam? Um pedaço de carne escorrendo na boca. Bêbados. E o cachorro se aproximando. Alvarenga fez que não viu. O cachorro chegando. Outros olhos viram por ele, que resolveu também olhar e sorrir. É um feto — alguém gritou. Não, não gritou, ouviu baixinho. O cachorro chegava ao pacote, ao embrulho que a mulher lhe entregara, no chão, perto do poste.

É para enterrar.

Decidira, estava decidido. Enterra e também cumpre outro destino. Os destinos se somando na alma. Passaria a perna sobre o corpo de Rachel, sobre as pernas, sobre as coxas. E estaria preparado? Preparado para o amor? Preparado para o sexo? Foi o que fez, o que faria. A perna esquerda não atendeu à vontade do corpo. O corpo ardente, ele sabia, o corpo ardente de quem deseja, de quem suspira, e de quem geme. Seria só um instante e Rachel aprenderia a domar a paixão.

Pensava, pensava, não parava de pensar. Seria conveniente primeiro enterrar o pobrezinho de Deus? Onde fora buscar o pobrezinho de Deus? Onde? Talvez fosse somente o órfão de Deus. Não deu tempo, antes nem pensou. Porque ela estava ali, tão próxima dos seus olhos e tão próxima de sua respiração, tão colada no seu encanto. Chegada. O cachorro tomou o pacote nos dentes. Primeiro cheirou. Cheirou e grunhiu. E depois sustentou o pano entre os dedos. Andando. Começava a andar.

Ele olhou e era somente um cachorro na noite carregando um pacote nos dentes. Uma neblina tornou a noite mais densa. Os postes iluminavam pouco. Muito pouco.

Os dentes no pano. Os dentes no pano molhado da blusa. Quem diz que era o pano molhado da blusa? Quem disse? Quem disse não sabia mesmo o que estava acontecendo. Agora ele queria avançar, avançar um pouco mais, sem reação, ela não reagira, o cheiro exigia que ele avançasse. O cachorro avançou? Sim, caminhando, o pacote entre os dentes e no pacote o feto. Pediu, Alvarenga pediu vem. Ele não veio, continuou. Tocou os dentes, vem. E não gritava, tinha medo de acordar a criança. Um feto dorme? É verdadeiro que um feto chora? Quem disse? Bastava, então, apertar os dentes. Só um pouco, só um pouquinho, os dentes entrando de leve no pano. No pano e no pacote. Na blusa. Ela já lhe contara isso, por que repetia? Causava espanto repetir. Talvez porque percebesse que ele estava querendo passar a perna pelo corpo. O sangue adivinha. Sem dúvida, o sangue adivinha. Rachel não se afastava, não se afastaria nunca. Pelo contrário, voltou-se, e as sombras protegiam seus olhos. Aquela imensa surpresa de vê-la voltar-se. De frente, o corpo para ele. Ela, no suspiro, tinha aberto a blusa e o sutiã desaparecera. Os seios? Com os lábios, com a língua, com a boca. Como é que se beija? Como é beijo? Como, como, como. Queria, desejava dizer, os seios expostos. Levantava o peito e estertorava, o estertor quente do sexo. As narinas plenas de cheiros. As narinas.

Desde que Alvarenga lhe disse a respeito do feto, decidiu enterrá-lo. Os dois saíram, os andrajos sobre os corpos, desceram as escadas de madeira da pensão. Não queriam se falar. Ele não sabe se viu — a face dela estava transtornada. Noutros tempos, ele pediria que ela contasse a história por ele. Rachel ficara indiferente durante todo o tempo em que estiveram na cama, naquele quarto, naquela cama fria. É possível que tenha pensado alguma coisa. Com certeza pensou. Desceram a escada e depois seguiram a rua à direita, até chegar ao cais. Perto da ponte, muito perto, Rachel sempre na frente pulou a murada. Alvarenga fez a mesma coisa. Abaixados, os pés na lama, se aproximaram da ponte ainda mais. Havia decidido, ela havia decidido desde o começo, que ali seria o sepultamento. Pelo natural, não trocaram palavras.

Mãos de mulher, mãos de mãe são assim, de natureza terna e afetuosa. Alvarenga olhava, espiava, naquele amanhecer, quando as luzes começavam a se deitar sobre o rio, criando zonas de iluminação, expondo a tranquilidade das águas, que se moviam, lentas, batendo nas pedras. Podia acompanhar Rachel levando o feto para uma loca de pedras, quem sabe era mesmo uma sepultura, as mãos. Ficou atrás dela. Esperava o momento em que ela pedisse ajuda. Parecia nem ser necessário. Ela não necessitaria dele. De forma e de maneira alguma. Conduzindo aqueles panos sujos de sangue, embrulhados também em papéis, que agora se molhavam — a vida áspera de alguém que nem sequer chorou. Nem o choro, o choro dos deserdados, Alvarenga até que podia dizer, talvez tenha desejado dizer algo assim. Nem lhe perguntem o dia nem a hora. Rachel levou o embrulho, colocou-o numa loca, entre pedras, e por cima, feito uma espécie muito antiga de porta de túmulo, pôs outra pedra, que era para protegê-lo das águas. Nem sempre tão calmas. Lentamente.

Ela saía das águas, segurando na mão dele, protegida, uma imensa mulher que se descobre. E se desdobra. Uma dessas mulheres encantadas que irrompem no sol, ainda amanhecendo o dia, e expõem o que há de instigante, belo e excitante nos seios cobertos em andrajos e cuja roupa não é mais do que panos pequenos e amarfanhados, sujos, de uma sujeira que se entranha na pele de manchas espalhadas na face, nos ombros, no ventre e nas pernas, marcadas pela poeira. E pelo vento. A água escorria pelos cabelos, pelos cabelos emaranhados em nós e tranças, que faziam coçar a cabeça, essa cabeça tão acarinhada, embora por ela mesma desprezada, com mechas caindo sobre os ombros. Uma mulher que agora andava, sem brilho nos olhos. Saía das águas, é verdade, mas para trás deixara ratos, caranguejos. E um feto protegido. Escutava, se é que escutava, a água no encontro com as águas.

Rachel contava, ainda agora de boca fechada, caminhando mais rápido como se não precisasse de companhia, contava a maneira de lavar que aprendeu com o pai. No armazém da fazenda, terminada a relação, os dois se afastaram, somente agora ela percebia que estava nua. Tirara, ela própria, a blusa e o sutiã, a calcinha e a saia, e se oferecia, mesmo que ele já estivesse ali, sem tirar o terno, nem a camisa sem gravata, jogando-se sobre seu corpo. Havia sido programado? — ela mesmo perguntava. Perguntava sem voz, sempre sem voz, Rachel só tinha voz, e nem sempre, para contar as histórias de Alvarenga. Ia sempre, à tarde, ao armazém, de férias na fazenda. Misturava-se ao cheiro de milho, de algodão, de farinha. Aquelas coisas tomavam conta de sua carne. Possuída por uma espécie de prazer, um prazer que precisou de algum tempo para se revelar a ela própria, demorou a identificar-se — o prazer erótico dos cheiros em cada canto. Esse prazer que vem de leve, de uma leveza tão solitária feito nunca pudesse alcançar o sangue. Mas ela sabia, ela foi aprendendo: os cheiros misturados do armazém subiam por todo o sangue, criando tensão no ventre e nos seios. A princípio somente no ventre e nos seios, mas quando tocava com as ternas mãos na pele, a própria pele que parecia se espreguiçar de prazer, então precisava controlar, mesmo quando sentia o pescoço e a face ardendo. Às vezes até evitava o armazém com medo. Esfregava as coxas e não, não mais do que isso. Às vezes era tomada pelo ridículo do sexo. O sexo solitário que enganava as sombras.

Naquele dia se encostou nos sacos de mamona. Não sabia que se preparava, se oferecia, semelhante a quem delega o corpo aos prazeres. Naquela tarde, diria. Naquele fim de tarde, pelo menos era fim de tarde no armazém, porque as sombras se adensavam, e as luzes entravam apenas pelo espaço entre os caibros, e pelas frestas das portas. Todas as portas fechadas, inclusive as janelas. Não ouviu barulho. Rachel confessa a Alvarenga que não ouviu. Não escutou coisa alguma. Nem sabe explicar por que se encostou nos sacos de mamona. Ou por que já estava encostada. É possível que fosse assim todos os dias, é possível, ela não mente, não quer mentir. Nem perguntou, não queria saber quem. O que podia assegurar, assim, vivamente, é que era um homem. Também não sabe afirmar o momento em que foi tocada pela primeira vez. Pela primeira vez ali no armazém. O que sentiu foram os braços chegando. E, em seguida, a respiração forte, e os dentes que mordiam a blusa, de leve arranhando os ombros. Era ele, o pai, e ela precisou de algum tempo para perceber. Desfalecida. Não importava quem. Era ali e devia ser assim. Abriu a blusa sem precisar de movimentos espaçosos. Quase sem perceber, imperceptível mesmo, foi tirando o sutiã, e os seios brilharam, voltou-se e ele estava de chapéu, aquele chapéu de massa que, em criança, viu apenas passando pela plantação de cana, feito não tivesse corpo. Agora, todavia, agora o chapéu estava sobre os olhos, enquanto eles se deitavam no chão de couro.

Ela também aproximou o corpo. Cabia inteiro sobre ele, até o momento em que Ernesto rolou no chão e ficou sobre ela. Se houve alguma coisa de que não gostou naquela tarde foi o cheiro dele, o suor. O suor dele, do velho. E não o suor das negras que depois soube que ele usava, essa espécie de Elixir da Macheza. Ele somente se sentia com a força máscula de homem se tivesse o elixir por perto. Mas não era desse suor que estava se lembrando. Estava se lembrando do suor dele, do dele mesmo. Aquele suor esquisito, muito esquisito. Grosso e pegajoso. Que pingava no queixo e na face. Ela sabia. Enquanto ele resfolegava, quase resfolegava, parece até que roncava, e ela pensando que ele até dormia. Fazia como um autômato. Ela tinha certeza. Tinha curiosidade. Mas não, não, não dizia nada. Nem ele falava. Não falava nunca. Coisa mais esquisita. Não falava nem mesmo dentro de casa. Pelos corredores. Pelas salas. E baixava os olhos. Sempre baixava os olhos. Ela também. Sempre. Não era só ali. Viam-se somente por baixo dos cílios. Ele usava apenas duas palavras.

No fim ele dizendo agora lave. Sabonete, água, toalha. E os joelhos no chão.

7

Nem poeira nas sandálias

Um homem que desiste de si mesmo para outra pessoa viver. Perder a vida para conceber a vida. Morrer para ser a vida de Rachel. Viver com sua estupidez e com sua sabedoria. Alegrar-se com a sua alegria. Não que quisesse sentir o prazer de Rachel, a paixão de Rachel. Mesmo quando ela estava alegre, não era alegre. E foi por isso que Alvarenga acertou consigo mesmo: carregaria as dores e as lamentações da mulher, viveria por ela, para que ela não tivesse o trabalho de sofrer ou de se alegrar. Por ela. E queria mais, queria que fosse assim: quando ela tivesse prazer e gostasse do prazer, ele ficaria de fora. Quando ela sofresse alguma dor e gostasse da dor, aí ele não interferiria. E quando ela tivesse fraqueza e gostasse da fraqueza, aí ele estaria ausente. Do contrário, não arriscaria se ausentar. A dor de que ela não gostasse, seria sua. O prazer que não sentisse, seria seu. Da alegria que ela rejeitasse, ele se apossaria.

Naquele dia, então, depois que enterraram o feto no rio, ela saiu na frente, enquanto ele tentava aproximar-se. Pararam. As pessoas começavam a se movimentar na avenida, as bancas de revistas se abriam, os fiteiros expunham cigarros proibidos, os trabalhadores saltavam de ônibus e outros subiam, táxis paravam nos pontos, homens e mulheres davam a mão pedindo viagem, as portas escancaradas das lojas e dos magazines. Os jornais — os jornais ocupavam os primeiros postes, lançavam títulos, manchetes, fotografias. Os ratos voltando para os buracos, evitando o sol de muita luz, o Recife começa quente e iluminado. Agora ele queria saber se ela também via o sol — e que sol era? Via a avenida — e que avenida era? — e via os ônibus? E que ônibus eram? Porque não bastava apenas ver. Ver, ele também via. Queria saber se ela via o sol, a luz do sol, a mesma força, a mesma intensidade, o mesmo brilho. Ele precisava saber para que não houvesse um sol de Alvarenga e um sol de Rachel. Ele teria que ter o mesmo sentimento. Para renunciar a ele e ter a impressão de Rachel, precisava do mesmo sentimento, dos mesmos detalhes, da mesma forma. Um passageiro que olhasse para Rachel devia ter os mesmos olhos que olhavam para ele. Exatamente iguais. Não podia haver uma cor que não fosse a cor certeira dos dois. Para se renunciar, tudo isso devia acontecer.

De onde vem a renúncia? Como teve início a renúncia? Você me conta, Rachel? Tem lembrança? E se tem lembrança, conta.

A praça parecia grande, muito grande, enorme. Dividida em duas: a menor arrumada, limpa, varrida, plantas aparadas, bancos, quatro ou cinco bancos de cimento, aonde as mulheres, as empregadas, as babás, fardadas, traziam as crianças para brincar na grama, nos canteiros de rosas, aguadas, todas bem aguadas, as mangueiras fazendo escoar água feito cobras, velocípedes de pedal, velocípedes sem pedal, bonecas e bonecos. A outra, não, nem parecia uma praça, não. Só capim, capim, mato rasteiro, urtiga, cansanção, pedaços de pau, cocô de cachorro, de gato, de porco, os meninos colocavam os sapatos para marcar a barra de futebol, buracos, tijolos espalhados e pedras. Só paravam de jogar quando Alvarenga aparecia vestido no *smoking* antigo, se puindo, carregando na mão direita uma corneta. Severo. Corneta, corneta, corneta. Paravam os risos, as brincadeiras, as algazarras. Também ele agora Vovô Peru, ainda tão novo, mas já velho, Vovô Peru. Plantado na praça, ao lado da carroça de sorvetes, costumava fazer plantão na frente do sobrado. Foi ali que nasceu tudo isso, espontâneo. Amigo de Ernesto Cavalcanti do Rego, o pai dela, que andava de ceroulas com suspensórios no quarto, para não fugir, com tamanco e tudo. Dolores imaginara a fantasia, tão ciumenta era. Para que ele não saísse, enquanto ela ia comprar pão, leite e jornal. Enquanto preparavam o café, amanhecia na despensa com Severina, a Magra, no seu riso de mulher quieta.

Na folga, apesar também dos ciúmes de Rachel, o velho ia para o quarto dos fundos com Severina, a Gorda, farta de carnes e de beijos, para uma comidinha caseira. E havia o acordo com Alvarenga: quando Dolores voltasse, ele tocava a corneta. É claro que ali o amor desandava. Ernesto, chamado de o Rei das Pretas, voltava ao quarto arrastando as ceroulas e o suspensório. Alvarenga de pé, bem-vestido esfarrapado, a roupa gasta, bem gasta, tocando a corneta, a corneta irregular, o som cortado, embora o sopro, o sopro fosse uma maravilha. Sopro de jazz — houve quem falasse.

Na praça, tudo aqui na praça, a pequena, a menor, onde os meninos não jogavam futebol e as crianças se moviam livres.

Vovô Peru conhecia as traquinagens e não ia, de forma alguma, para o outro lado. O outro lado quer dizer — a outra praça. Isolava-se, ainda que tivesse de vender sorvete, isolava-se. Sentia o riso, os sorrisos. Sentia, mesmo que não rissem nem sorrissem. Aquela sensação de sacralidade continuava.

Se houve, em algum tempo, uma briga entre Rachel e Alvarenga, foi aí. Ela nunca concordou que ele tocasse corneta, sobretudo com aquele som de jazz, para avisar que Dolores estava voltando. Até que chegou o dia da decisão. Rompera com os estudos, rompera com o corpo social dos estudiosos, para decidir que o corpo social era o seu, e apenas o seu. Em nada era correto possuir um corpo somente para ela. Alvarenga escutou muitas vezes essa sentença. Os dois costumavam andar, às vezes até de braços dados, jovens ainda, pela praça, a praça Chora Menino, encravada no bairro da Boa Vista, entre o chão do Paissandu e Capunga.

Somente seu não podia ser, somente seu não era — o corpo. Os franceses, entre choques de balas e de palavras, sentenciam que o corpo social é um país, e que não se pode viver com uma perna se não se vive com o braço. O corpo social, que era também um corpo religioso. Desmerecia o corpo solitário e único. Talvez de um só homem, e isso era injusto. Ninguém concorda, concordo eu? Que devia dizer mais a ele, ao Alvarenga posudo? Concordavam os dois, sempre concordar. Prostituir — agora ela dava a sentença. Prostituir-se. Estava combinado. Quem ficou com a orelha ardendo foi Dolores.

Sem orgulho de ser prostituta, sem orgulho de ser rapariga, mas ostentar o orgulho de ter um corpo social. Puta — e a palavra brilhava nos olhos. Não era dúvida o que tinha. Era o que sentia. Já decidira que seria prostituta, se é que isso se decide. A questão se resumia na moradia: alugava um quarto de madeira na zona, com escadas íngremes para subir e bacias para mijar, ou ficava numa casa pequena, de taipa, no Paissandu, onde beberia cerveja em bares de lama. Para isso, para morar numa casa, teria de contratar os serviços dele, de Alvarenga. Meus — ele perguntou. Mais uma vez: meus serviços. Ela acrescentou que seriam os seus serviços e acrescentou também que já estava resolvido: ele tocaria corneta na frente da casa para chamar os fregueses. Ou amantes? Fica amantes mesmo. E ficou. Não se pode servir o corpo social apenas a fregueses. Não, não é?

A cidade exposta. Sempre exposta. Gostavam de ver a cidade exposta. A avenida aberta, escancarada, descoberta por todo aquele sol se derramando nas árvores, nas cúpulas e nas folhas, quase sempre enferrujadas de pó, de pó e de pequenos insetos, de um verde brutal, agressivo e feroz, tornando-as amarelecidas em vários pontos. Queimadas, as folhas, e às vezes até mesmo os galhos e os troncos, queimados. Estonteante. Estonteantes e reverberando nos vidros das janelas, nos bancos de alto porte e nas casas antigas, bem antigas, abrigos de livrarias, mercados, bancas de bicho, bodegas, lanches, sucos de laranja, goiaba, limão. E água de coco. Pão e carne.

Era possível ver, naquele incêndio de avenida quente, os casais, vestidos de roupas diversas de coloridos vários, terno e gravatas, gostavam de ver as gravatas vermelhas, pretas, amarelas, azuis, meninos nos braços das empregadas, e se encostando nas paredes também queimadas de amarelo com os contornos pretos de poeira, de terra, de gás dos muitos carros, dos ônibus barulhentos a expelir dissabores, os mendigos, os loucos os santos. Muitos santos, de agonia e de dor, de alegria e de festas, incapazes de um gemido ou de um sussurro. Impossível não se surpreender com essa gente que anda escancarada, feito expusessem os pratos, os choros, os dias de lamentação e engano.

Não bastavam apenas o colorido da avenida e o incêndio de sol queimando as cabeças, e sobre as árvores. Tinha também os meninos fardados. Fardados ou não. Os fardados, contudo, justificavam aqueles que iam à escola — ao colégio —, quase sempre vestidos de azul e branco, creme e amarelo, ou apenas cáqui, segundo as mãos dos pais ou das empregadas. Os sapatos eram do tamanho dos pés, equilibrados. Engraxados, sempre engraxados? Não exatamente. E também havia os que usavam sapatos grandes, maiores do que o tamanho ideal, certo. Meninos cujos pais se recusavam a comprar um par de sapatos por ano. Por isso maiores. E usavam, e usavam, tantos meses seguidos, até o dedo entortar. Carregando bolsas ou apenas livros, livros e cadernos mesmo que os colégios ainda estivessem tão longe, depois da ponte, e dos ônibus com várias paradas. Meninos e meninas sisudos. Ou rindo. De um momento para outro começavam a rir e sacudir o corpo.

E, se o sol desse passagem, atravessando o Marco Zero e o Cais, encontrariam um mar azul, ou verde, ou escuro, derretendo-se no encontro dos arrecifes, nas pedras que levantavam espumas, as ondas se dobravam em torno de si mesmas, para formar a imensidão que agasalhava barcos, catamarãs, lanchas, navios, transatlântico. Aquele que iniciava uma viagem em busca de um destino branco, muito branco, no infinito em que os olhos agora se perdem. E as pedras, uma barreira de pedras, cobertas d'água ou descobertas, musgos, provocando aquele cheiro intenso. E, mais do que o cheiro, ampliando a maresia.

Os dois sentados. E os olhos nas águas. Nas águas de dentro, no agasalho do corpo.

Dúvida? É claro que ela duvidara, porque teve de tomar a decisão assim de repente, assim em cima do sangue do pai, o Rei das Pretas assassinado, assassinado e enterrado. No meio da arrumação da casa, a admiração, foi suicídio, ele não atirou, lhe atiraram, a bala no cano do rifle, entrando boca adentro, ou cabeça adentro, de uma forma que estourou os miolos. Ela requeria razão: foi suicídio. A mãe, mesmo naquele silêncio de espantar silêncio, nem falava nem passava, ela não ousaria estalar um tiro na boca do pai.

Disseram que foi Alvarenga. Disseram mesmo. Fora ele que cochilara no pé da árvore, a corneta na mão, não tocara para espantar Dolores que estava voltando, pão, manteiga, ovos, queijo e café, um jornal, Ernesto Cavalcante do Rego adorava ler jornal pela manhã, ela não esperava que ele acordasse. Que contou? Quem foi que contou assim com detalhes, para se lembrar tanto? Severina, a Magra, se esquecera de avisar a Alvarenga que tocasse a corneta, então Dolores se aproximou, foi chegando, chegou em casa e se espantou. Ernesto estava no quarto dos fundos com a mulher, a mulher chamada Severina. Severina, a Gorda, gritava e gritava nos suspiros do amor, talvez se ele escutasse teria sido tarde de qualquer maneira. Saiu de ceroulas, suspensórios, tamancos. Baixo, pequeno, agalegado. Depois foi que falaram em morte. Assassinato ou suicídio. Quem haverá de dizer algum dia.

Desfeita a dúvida, Rachel se prostituiu na casinha do Paissandu, entrada em arco, duas pilastras pequenas, duas cadeiras de vime e o centrinho com, pelo menos, mais dois cinzeiros. Somente uma lei a ser cumprida imediata: entrava e saía. Não eram servidas bebidas. Ela não tinha nem noivo nem amante. Não tinha namorado. Jamais. Convencera-se de que não precisava de homens, mas apenas do corpo social, tantas foram as noites estudando as revoluções francesas no curso de história. E repetia, não cansava, que usa o corpo na qualidade política de distribuí-lo, sem precisar gozar ou gemer. Nem os homens precisavam saber.

Mas os homens precisavam saber que ali estava uma puta social e democrática. O corpo social. Recorreu a Alvarenga, de qualquer maneira ele passava a noite sentado no meio-fio. Tocava a corneta, tocava sempre, vestido num terno pequeno, é verdade, um terno apertado nos cotovelos, fechado à altura da barriga com um único botão. Àquela altura, já havia o sopro de jazz, embora ele nem gostasse, gostava mesmo era do toque marcial, que lhe lembrava o Sete de Setembro, quando botas e sabres se misturavam com dobrados e marchas. Limpo, muito limpo, bem limpo, tomava banho aí pelas nove horas, nos tempos em que havia jantar, mesmo pão e leite, mais adiante pão, manteiga e leite, e voltando no tempo, só pão, às vezes nem pão nem leite, cada um procurava o seu bocado lá onde estivesse.

Vai que Rachel inventou o agradecimento. Por um desses golpes do destino, inventou, sim, agradecer com um peixe dourado, e no por acaso jogou um chocolate logo que o homem saiu, deu um pulo para pegar com as mãos, segurando a calça para não cair. Ouviu, e ouvir era para ele a alegria do prazer, se prazer não vinha antes da alegria, que ficasse parado, Alvarenga, ficasse parado só com a boca aberta. Ela ia acertar. Acertaria, é claro, Rachel não se enganaria nunca. Ele ficava, a boca aberta, o pulo. Não precisava pular, ficasse parado. Um dia, uma noite, dias e noites, e não aprendia. Quando menos esperava, quando menos esperava de certeza, estava pulando. Ah, não, assim não, assim não. Ficou acordado, que para efeito de prática ele permaneceria parado, subiria na ponta dos pés até alcançar o chocolate de peixinho. Parece foca. O trabalho enorme de falar e de ser ouvido. Ela disse que adorava foca, amava foca. Amestrada? Sim, amestrada, daquelas que sobem, sobem, batendo as barbatanas, para segurar o peixe com a boca, depois da exibição. Se é o que você gosta, eu gosto. Disse e ouviu Alvarinho, pare com isso, Alvarinho, vá estudar, você já não tem uma biblioteca? Não quis ouvir. Não ouviria.

Não era um sentimento que se pode evitar. Recuou um pouco para fugir, quem sabe. Sem essa razão clara. Objetiva. Brincava-se. Um desses raros instantes em que as pessoas compreendem o que é estar ocupando um mesmo espaço na casa. Há esse momento. Passando na calçada, naquele dia em que se preparava para receber o primeiro integrante do corpo social, para inaugurar quarto, cama e lençol, por descuido comprou o peixinho de chocolate. E para quê? Para ter um chocolate na bolsa, qualquer dia podia precisar. Precisaria com certeza. Açúcar, água, qualquer pessoa precisa.

Do jeito que as pessoas andam nas calçadas de compras. Observando, sim, olhando, sim, sonhando. Às vezes até sonha. Sem necessidade de sonhar e sonhando. Se possível comendo pipoca, amendoim, chocolate. Irresponsável. Tocando com os dois dedos numa camisa, numa blusa, com a mão inteira num saia, numa calçada comprida. Respondendo sem falar. Um gesto com a cabeça, rápido.

Levou o chocolate. E ofereceu. Vai. O peixinho se espatifou no chão. Preste atenção, rapaz. Lutou, não conseguia. Abria a boca, sem conseguiu. Viu o rosto que ele tinha, o rosto de menino que não envelhece. A face sem rugas num corpo envelhecendo. E os olhos. Nesse momento preferiu se retirar. Evitaria, não conseguiu. Lembrou-se das focas e o rosto esquentou, vermelho. Ele ficava na ponta dos pés. A boca tão aberta, bem aberta. Mas era nos olhos que concentrava toda a piedade do mundo. Não.

É claro que não queria que ele retirasse os olhos. Não ia ser tão cruel assim. Não faria. E esperava que ele não tivesse olhos nunca. Seu amigo, seu companheiro, seu protetor, sem olhos. Não precisava ter olhos para ver. Por um momento esperou gritar que ele ficasse cego, sim, que ele ficasse cego. Podia amá-lo muito mais se ele ficasse cego. Uma forma de pensar. Pretendia que ele fosse sempre o mesmo que era. Com aquele rosto piedoso. Lembrou-se da foca, morrendo de arrependimento, não queria que aquilo acontecesse. Uma foca amestrada fica na água, não na ponta dos pés, e se levanta. E se não fosse uma foca, fosse um golfinho? Ah, sim, um golfinho.

Fazia-o ficar na ponta dos pés, foca ou golfinho, para receber o peixe. Jura, comprou até por descuido. Depois foi que compreendeu que podia ser uma prenda, um presente, um agradecimento. Por descuido na calçada da feira. Não sabia se era feira. Desconfiava que sim. Não era, não. Era uma daquelas calçadas que se veem nas ruas centrais das cidades, ou nos subúrbios. De repente nem vê distância entre uma coisa e outra. Nem vê distância entre o gesto da compra e a face de Alvarenga. Uma passagem rápida, instantânea. Fosse sem tempo. Uma compra e a face. Talvez até um bordado num pano. Talvez fosse possível esquecer que nem brincaram antes. Desde o momento em que brincou e o momento em que viu a respiração bem perto da sua face. Os olhos dele chegaram e ela imaginou que eles estivessem fechados, fossem apenas pálpebras fechadas.

Não ia ver os olhos.

Mas viu, os olhos ficaram bem perto dos seus e ela olhou. Seria possível um homem ter tanto espanto carinhoso nos olhos? Por que era carinho? Era espanto? Precisaria de tempo para definir, e não houve. A inteira compaixão de Alvarenga e a vergonha de si mesma. Tinha vergonha porque fizera aquilo. Impossível. Como uma mulher se propõe a ser tão leviana? Queria puxar a mão. Não faria aquilo. Não faria. E estava fazendo. Com vergonha, e também com prazer. Não um grande prazer, meu Deus. Um prazer envergonhado. De uma tensão muito forte. O prazer envergonhado tem tensão e força. E a palavra que nunca gostava de pronunciar: constrangimento. Não, constrangimento, não. Queria outra palavra. Outro sentimento. Não ficava bem aquilo.

E, ainda assim, ainda assim ele era feliz. Uma felicidade que expunha nos olhos, somente nos olhos, sendo que era fácil perceber que estava em todo o ser. Esse tipo de felicidade de que ninguém pode fugir. De forma alguma. De maneira que aquilo lhe dava uma agonia. Ele que era capaz de tanta coisa. Ria, ela estava rindo, só para ela, um sorriso que podia escapar para o peito e para os ombros. Queria se convencer de que não era vergonhoso. Não cometera nenhum ato ou não estava cometendo nenhum ato reprovável. Teria que naquele momento entrar no sorriso dele. Não era dessa forma que se resolvia. Se resolvia não fazendo.

As coisas não são desse jeito. Entendesse, não queria que ele tivesse aquele tipo de felicidade e também não queria que ele deixasse de tê-la. Era um merecimento. Merecia-o. Tamanhos eram o amor e a felicidade que o merecia. O que podia mudar era o comportamento dele. Faria algum esforço, de alguma maneira. Pensou em como seria isso. Como faria. De que maneira se ajeita a felicidade de uma pessoa. Ela queria saber logo. Precisava. Só para salvar Alvarenga. Para oferecer a ele algum tipo de salvação.

É uma forma de ser feliz, humilhando-se. Porque só admitia que era assim observando sua humilhação. Despojado, talvez, muito talvez. Não é que nunca fora capaz de imaginar essas coisas. Era capaz, sim, e por isso estava pensando. Se ela lhe dissesse varre o chão com a língua, ele varia. Lave o chão com a língua, ele lavava. Um modo muito inquietante de se realizar, de fazer alguma coisa. Se era doente, ela própria não sabia. Não lhe cabia pensar nisso. Olhava-o e ele estava sempre pronto, sorrindo. Sempre. Queria também experimentar.

Quis experimentar, fazia tempo. Uma menina, talvez, uma adolescente. Erro vergonhoso. Jamais, jamais cometeria um erro vergonhoso. Estava no sanitário e pediu para ele ir ao banheiro retirar a urina da bacia. Questão de minutos, questão de segundos. Acha que ele nem mesmo refletiu. Foi lá e deu descarga. Com o afeto que fazia. Nada demais, não seria um abismo. Talvez pedisse não seria assim. Apenas puxando a descarga. Queria que apanhasse uma lata pequena, fosse buscá-la por ali, estaria acostumado aos lixos e aos monturos, trouxesse a lata para retirar a urina pouco a pouco, encher outra lata maior, e jogá-la fora, lá longe. Lá longe, ele sabia. Faria tudo. Com a sensação de que era tudo o que uma pessoa podia desejar na vida. E ela olhando com que gosto ele fazia tudo, até devagar, para que demorasse mais. Sempre mais. Percebia. Quando estava ajoelhado sobre a bacia, ele aliviava um sorriso grande preenchendo os lábios, o nariz, os olhos, a face. Podia se esconder daquele sorriso. Não olhasse ou saísse do banheiro. Bastava. Só isso. Não queria se esconder. Enfrentava esse sorriso. Muito mais para reclamar-se, reclamar dela mesma. Assim, observando.

O gesto do peixinho evoluiu. Para mais prazer vergonhoso. As pessoas deveriam entender o que era um prazer vergonhoso. Fez aquele gesto de oferecer o chocolate, fera amestrada, golfinho que se debate na água. Sem nenhuma exigência. Alvarenga vinha apressado, logo que ela chamasse. Ele vinha. Naquele rosto assomava o prazer. Nos olhos, na boca, no nariz. Sempre ele vinha. E ela queria muito consertar. Queria não fazer aquilo. E fazia, fazia sempre, repetindo. Uma espécie de impulso. Apoiava-se na ponta dos pés, subia, subia, e abria a boca. Abria a boca e grunhia. A baba na boca aberta, descendo pelo queixo, uma mansidão de vida. Chamaria aquilo de humilhação pelo amor.

Tudo muda, ele sabe, tudo muda.

Depois da morte de Ernesto Cavalcante do Rego, por reles amor físico às mulheres, ela quis voltar ao sobrado. Pensava nisso quando os rapazes chegavam, dois ou três durante a noite madrugada, deitava-se sozinha na cama. Muitas vezes o quarto querendo acordar. Preferia um conselho, uma conversa. E não tinha com quem. Podia transformar o sobrado no seu recanto. Sem pensar em dinheiro. Aquilo não era seu propósito. Nunca fora. Precisava apenas comer, beber, dormir. Alguma roupa, algum calçado. Algum tênis. Gostava imensamente de ter um tênis. E a vida já lhe dera demais. Muito demais.

Conseguiu a chave do sobrado com o advogado. Estava liberada e era dela. Andava pelos quartos, pelos corredores, pelas salas. Ela sozinha. Sozinha. Naquele instante não queria Alvarenga com ela. Às vezes precisava se amparar numa parede.

Vinha-lhe uma vertigem, um desmaio. Esforçava-se para compreender a vida dos dois, embora vivesse com eles, no mesmo teto, no mesmo lugar. Tinha, porém, uma vida à parte. Bem à parte. Todos tinham. Feito ninguém se conhecesse.

Dolores com aquele jeito pesado. Desde muito cedo lavava louças, ainda que tivesse empregadas, varria, arrumava, ajeitava, dava ordens. As ordens de Dolores eram sempre ordens. Verdadeiras e definitivas. No entanto, ainda que estivesse em casa, mantinha o marido no quarto. Ele obedecia. Tinha direito a jornais, revistas, livros, muitos livros. Muito, lia muito. Por demais. E quase sempre fumava. Mas sempre no quarto vestido na ceroula, sem camisa, o suspensório, sustentando a roupa imensa e os tamancos. A porta aberta, sempre aberta, podia sair. Só por uma questão de conveniência, fez acordo com a mulher, permanecia no quarto. A mulher montava guarda na sala, sentada na poltrona, bebendo café ou uísque. Quando era uísque, ficava com os olhos sombrios e, se já era silenciosa, permanecia mais silenciosa ainda. Muito mais.

Ela própria, ela, Rachel, entrava também no quarto, raras, muito raras vezes, a mãe estava por perto, as empregadas concordavam, as empregadas amantes concordavam, faziam barreiras, conduziam Dolores para a cozinha, sobretudo para os jardins da casa, lembrando os cuidados com rosas, samambaias e trepadeiras. O Rei das Pretas pedia que ela trouxesse o Elixir da Macheza. Sabia que ia precisar, esquecia, porém. Essa menina, Rachel, moça de cabelos nos ombros, falava com as empregadas, passava o lenço nelas, levava-o para o quarto. Tudo trama, pura trama. A mãe também tinha áreas de fraqueza. E, se desconfiava, não deixava escapar.

8

Uma agonia não se inventa

Na cama, o velho folgava em passar o lenço no corpo de Rachel. A moça, já era uma moça bem forte, fingia risos. Quer dizer, se fingia ela própria não saberia contar. Era algo entre o fingimento e o prazer. Ela ia tirando a roupa enquanto ele se livrava das peças. Claro,sem música, sem danças. Essas coisas que acontecem nos quartos dos amantes. E nunca se arrependeu. Aí, não, nunca se arrependeu de verdade. Talvez um toque de tristeza. Um jeito de reclamar-se. A missão do corpo social começava em casa. Era a experiência e a vida. Mesmo porque Ernesto se movia com tranquilidade. Nenhum gesto a denunciar inquietação. E depois que ele carregava em todo o corpo o Elixir da Macheza, começava a função. Dali em diante não pensava em Dolores. Por nada.

E, se não pensava na mãe, pensava, sim, no amigo. Abria a porta do casarão e caminhava pelos interiores. Pelo sobrado inteiro. Até que ela, a mãe, proibiu. Não falou, não disse ele não pode entrar, não entra mais. Isso não disse. E, se disse, foi no escuro do silêncio. Apenas mandou encostar a porta quando ele veio, veio, e quis entrar. Espontâneo, semelhante a qualquer pessoa quando vê uma porta aberta. Dali, Alvarenga voltou para a praça, Alvarenga sentado no banco perto da carroça de sorvete. Os olhos tão grandes, a boca torta, o nariz avermelhado. Parado num ponto fixo. Não ia puxar o lenço, ela sabia. Nessas horas ele nunca puxava o lenço.

No quarto que lhe era reservado e onde viveu tantos anos, desde garota, desde menina de colégio, já amiga do rapaz, ela não reclamava. Eles que também trocavam poucas palavras. Sentia gastura sempre que o via, mas gostava quando a acompanhava nas ruas, carregando a carroça de sorvete. Elegante, muito elegante. Elegante e rasgado. A roupa se puindo, caindo os botões, gasta. E era daquela forma que gostava de se vestir, naquela maneira orgulhosa de andar, sem dar importância a ninguém. A ninguém, não, a ela. Sim.

Mais tarde viu que não seria boa coisa transformar o sobrado na sua casa de prazeres. Mesmo o prazer social. Sem prazer. Aquilo não era prazer. Mesmo se tivesse gozo, ainda que nadasse em gozo, não era prazer. Ou pelo menos o prazer convencional, de pessoa para pessoa. Quando gozasse, sentindo-se gozar sozinha, então estava traindo o mundo. Impossível admitir essa possibilidade. O gozo também tinha que ser social. Devia ser social. Era imperioso que fosse social. Social e democrático. Para que as pessoas se sentissem plenas, e ela estava, enfim, realizada.

Não ia misturar família com voluptuosidade, isso não se faz. Não se faz de forma alguma. Uma coisa era o corpo social, outra bem diferente era o gozo privado das prostitutas. E as pessoas iam imaginar, com todo o direito, aliás, que ela estava ali para implantar uma república de mulheres do mundo, com tudo o que essas repúblicas tinham de impuro. Além do mais, havia o projeto de trazer Mateus para fazer companhia a Dolores. Mateus, o irmão extraviado. Não queria que vivessem juntos, lado a lado, num só lugar. Recordava-se, prontamente, da confusão que se instalara entre eles: Matheus era filho de Dolores com Jeremias, o filho, e irmão de Rachel. Esta, esta de agora, Rachel. A chegada de Matheus ou Mateus talvez causasse um problema, porque não havia ocorrido nenhum cruzamento daquele, até ali, apesar das ousadias de Ernesto. E de Rachel, é claro. Mesmo quando estavam juntos, nem se cruzavam em corredores e portas. Havia apenas, e somente, as refeições, que era uma maneira de fazer a família permanecer unida. Mesmo Ísis e Leonardo estavam ali. Na hora da comida, todos estavam ali.

Era um desejo do pai e, claro, era uma ordem. No íntimo, sabia, ou pensava, que era coisa de Dolores. Mãe é que gosta dessas coisas. Desejo de pai e coisa de mães. Podia ser que fizesse essas exigências para observar os filhos, para acompanhar os movimentos dos filhos — sim, porque Leonardo era Jeremias, ou Jeremias era Leonardo, conforme as ocasiões — e das filhas: Rachel e Ísis. Só por desconfiança, desconfiança mesma daquela mulher que se chamava Dolores e que, só para reforçar, não pensava e não falava. Era uma coisa que ela sabia: a mãe olhando cada gesto, com aquela cara imperiosa, falando pouco, falando quase nunca, às vezes nunca nada. A mãe olhava e ela também. Era capaz de dizer, com certeza, qual era a hora exata que Leonardo pegaria o garfo ou a faca. Ou quando o pai ia estender a mão para pegar um prato de comida, e a mãe não deixava. Recomendação médica. Aquele cozido gorduroso que o pai queria pegar. Recomendação médica. Ficava primeiro tamborilando na madeira da mesa e preparando. Assim, fazendo-se de desconfiado. Coisa nenhuma, não queria coisa alguma. E batia com os dedos. De repente avançava, a mão inteira no prato. A mãe olhava. Só olhava. Aquele olhar firme e igual. Ernesto voltava a mão, fingia que não tinha. E aí se contentava — não insistia mais.

Na mesa tinha vergonha do pai, mal levantava a cabeça, espiava sempre por baixo das pálpebras, muitas vezes ainda com a farda do colégio, comida em silêncio. Aliás, todos comiam em silêncio. Todos comiam e todos observavam. Era engraçado como todos se observavam. Não era ela sozinha, nem a mãe sozinha, nem os irmãos sozinhos. Todos se observavam. E por alguma forma de intuição descobria, na intimidade do seu silêncio, que a mãe não só observava, mas era capaz de saber o que cada um andara fazendo. O que fizera anteontem, o que fizera ontem e o que iria fazer amanhã, ou depois de amanhã. Mãe é assim, não precisava perguntar, mãe sabe. De verdade. O que não entendia era por que a mãe não evitava o que estava para acontecer. Mesmo que não fosse coisa muito boa. Pior, mesmo que não fosse coisa que prestasse. Batia o olho e já estava fazendo, a pessoa ia fazer isso e aquilo, ou isso ou aquilo, em tal momento, em tal circunstância.

No quarto, não, no quarto não sentia a menor vergonha do pai, nem a mais distante. Levavam uma vida de ir e vir sem prestar contas. O pai no quarto lendo José de Alencar, a mãe no jardim, na cozinha, ou na sala bebendo. Café ou uísque. Os olhos sempre nas janelas. Leonardo brincava de carrinho também no quarto só seu, e ela caminhando, andando. Andava até para estudar. Dobrava o livro na mão, o livro ou o caderno de anotações, e andava. Lendo em voz alta, que ecoava no sobrado. E sempre que olhava a mãe, via que os olhos não aprovavam. A mãe quase não aprovava a vida de ninguém. De forma e maneira. Não perdia tempo com reclamações ou conselhos. Mesmo, mesmo, nunca aconselhava. E com aqueles olhos frios, frios, distantes e vazios. Um vazio que ela, Rachel, ameaçava não suportar mais. Tinha vontade de dizer alguma coisa, de gritar. Que a mãe falasse, dissesse alguma coisa, sobretudo quando ela entrasse no quarto do pai e ele fechasse a porta. Pode ser que não, mas ela quase podia garantir que a mãe via, via mesmo, quando ela entrava no quarto do pai. Até porque estava sentada na cadeira de madeira e palhinha no canto da sala, com um copo na mão, espiando pelas portinholas da janela. Parecia com confessionário. Como se a mãe estivesse conversando com o mundo. Não diria nada a ninguém, em particular, direto. Falava com o mundo inteiro. Com todas as pessoas, com todas as plantas, com todos os animais. Era uma forma de se rebelar. Só que também pensava às vezes que, se ela não falava nem pensava, como haveria de se confessar? Estava mais claro ainda: não falava nem pensava com as pessoas — só o essencial, às vezes nem o essencial — e guardava palavras e pensamentos para o mundo. Através da portinhola.

Ísis. A irmã Ísis era diferente de tudo. Diferente de todos. Nunca estava em casa. Isto é, nunca estava em casa enquanto eles subiam e desciam escadas, mas na hora das refeições chegava. As obrigações escolares cumpria sem que explicasse a ninguém. Nem mesmo aceitou estudarem, as duas, no mesmo colégio. Exigiu outro, e foi atendida. Sempre arrumada, sempre muito arrumada, uma mulher da moda, dos cabelos, das roupas e dos sapatos. Sempre. Entrava apressada e fingia não ter pressa. Só ela, talvez somente ela, Rachel, observasse a ansiedade na sua face. Esperava pela reza. O pai rezava. Muito bem-vestido também. Não eram as ceroulas, nem os suspensórios, nem os tamancos. A mãe preparava um terno de linho, branco ou creme, porque devia sair logo depois do almoço para visitar os amigos negociantes da rua da Concórdia, no Centro da cidade, muitos deles colegas de faculdade. A maioria era advogado, desviava a vida para os negócios, lojas, armarinhos. Outros ficavam no campo mesmo, na zona rural, onde administravam pequenos feudos, restos de engenhos, plantações, corridas de cana aqui e ali, o suficiente para manter a comida e a pose.

Talvez fosse melhor mesmo que viesse Mateus. Às vezes Mateus, às vezes, Matheus. Ouvira isso em algum lugar. Alguém lhe dissera. Alguém lhe falara. Nem todos sabiam da existência de Matheus. Filho de Dolores com o irmão Leonardo, mãe e filho, fora jogado para distante, bem distante, onde teve vida com a tia Guilhermina. No interior. As conversas eram ciciadas, as notícias no canto da parede. Nem a mãe falava qualquer coisa. Era difícil aceitá-lo, talvez jamais lhe fizesse uma visita. Um menino, lhe diziam, um menino muito estranho.

Caminhava agora pela calçada em direção ao Paissandu. Não demoraria, seria preciso incorporar-se à zona, para viver com as putas, embora ela fosse de outra espécie, de outra raça, de alguém que tinha uma missão a cumprir. Estava cumprindo. Mas, como o pai, precisava mudar para sobreviver. Uma puta, essa puta, essa mulher sabia que estava cumprindo uma missão. De propósito, já decidira, não se misturaria com as outras. Afinal, não era uma puta só — era uma puta social.

Para impedir aproximações, levaria Alvarenga. Os dois ali vivendo o que chamava de uma grande vida.

O sobrado era discreto. Sempre pintado de branco, pelo menos uma vez por ano, com madeiras azuis — portas, janelas, caibros. De um azul bem forte, leve, os frisos negros, acentuando uma espécie de densidade às peças. Uma só lateral, porque era um prédio conjugado, no lado direito três janelas ali e mais duas na frente, sempre fechadas, sempre fechadas, à exceção do sábado para limpeza dos interiores, o vento entrava e as empregadas lavavam salas, quartos, cozinhas. O telhado limpo, com cumeeira. Havia jardim, gramas, flores, gatos preguiçosos, uma entrada de pedras à passarela, o terraço limpo, nem sempre frequentado, embora aos domingos pela manhã Rachel recebesse visitas, meninas e meninos, moças e rapazes, que às vezes ficavam para o almoço. Ísis permanecia em algum cômodo, aprendendo a fotografar camas, toalhas, paredes. Ou usando Leonardo, o irmão, como modelo. Os dois se davam muito, muito bem, numa intimidade afetiva. Ernesto lendo jornal, revista ou livro, sempre vestido na ceroula, suspensórios e tamancos. Bebia alguma cerveja, naquele dia ele tinha licença. Dolores na sala de visitas, encostada na janela de portinholas abertas, o copo de uísque na mão. E nos lábios.

A sala ocupada por móveis pesados, quatro cadeiras de braços, austeras, sobre um tapete escuro, sem desenhos, o marquesão e as almofadas, quase encostado na parede que expunha retratos da família, bem antigos os retratos, desbotando na cor, e se alguém soubesse quem eram não dizia. Nem perguntava. Sem passado, numa espécie de sem passados, meros retratos inexpressivos. Um tempo parado, estático, silencioso, e nem havia relógios, apenas o sol e as sombras se revezando. Se Dolores gostava ou não de ficar ali, Ernesto, às vezes e por isso mesmo nem sempre, raro, sentava-se na outra cadeira, de palhinha e de braços, pernas cruzadas, com aquela roupa, balançando o chinelo. Talvez estivesse brincando, ele era assim. A mulher tão séria e ele brincando. Os olhos lembrando um tipo inquieto de ironia. E aquilo era um sinal de vida. Apenas um sinal de vida. As portas lisas. Também azuis, as portas interiores do sobrado expunham grandes cadeados, chaves fortes, às vezes escondiam tramelas. Nenhuma planta. Essa sala rígida, imperiosa. A mesa do centro com o jarro sem flores e sem água. Os cantos secos. Uma secura de deserto.

Levantou a cabeça e lá estava Alvarenga na frente da casa. Tocava corneta. Aquela corneta cujo som parecia mesmo um trompete, inventando uma melodia sofisticada, cheia de improvisos e arpejos, *As I lay dying*. E de sapatos. Os sapatos de cromo alemão, pretos, engraxados, enormes nos pés pequenos. Sentado numa cadeira grande de espaldar alto, braços largos. Soberano e iluminado. E ele tocando. Sempre tocando. Os dois próximos, bem próximos. Estavam ali sempre. Sempre. Para que os dois sempre juntos? Ela não gostava de perguntar. Queria viver sem perguntas. Talvez um traço da mãe. Ou do pai, irônico silencioso. Tinha no rosto aquele sorriso que não precisa nem de olhos nem de boca. Só muito mais tarde as pessoas percebem que o sorriso está escondido nos cantos dos lábios. Bem escondido. Na intimidade é possível descobrir.

É possível que ela estivesse rindo.

Rachel não ria, não gostava de rir, semelhante à mãe que não falava, não falava e não pensava. Enganada por ela, a filha, que ia para o quarto com o pai. Uma coisa que ela própria não se esforçava para entender. Nem entendia. Da mesma forma que desde o princípio, Alvarenga sentia: mágoa de Rachel? Tinha certeza de que era mágoa de Rachel? Como ia saber? Encostava a cabeça na cadeira. A mágoa era Rachel. Ela própria, ela ali ao seu lado, entre as gentes da avenida, nem nus, nem vestidos, andrajosos. O sol entrando pela cabeça e pelos ombros. A noite era assim, sempre chegava assim, talvez compreendesse que o melhor era deitar a cabeça nas pernas de Rachel, tão interessante. Encostou a cabeça e ela não disse nada. Não disse fica, não disse sai. O que gostava nela era que Rachel tinha um corpo não quieto, um rosto tão inquieto, os lábios fechados, sem palavras. Que ela gostava muito de permanecer em silêncio. Mas por alguma razão ela poderia dizer que agora saia, estava bom. Mulher de corpo social não gostava de corpo de homem se avizinhando. Era isso que ele sabia? Era isso mesmo que ele sabia? Daí se levantou, feito apressado, inda sentado na pedra, apoiado na mão, olhava o rosto de Rachel, havia alguma resposta nos olhos? Não, não quer ver os olhos de Rachel, vai esquecê-los para sempre.

A mágoa era Rachel, ou talvez não fosse mágoa, talvez?, e ela estava ali, bem diante dos seus pés, os dois debaixo da ponte, era ali que gostavam de descansar, longe dos olhos curiosos, junto com caranguejos, mariscos, peixes nadando nas locas, um já sentado, Alvarenga, a outra, Rachel, protegendo os olhos. Foi de olhos fechados que ele voltou a arriar a cabeça, agora repousando na pedra. No escuro. Ele estava no escuro. E achava que a mágoa estava dentro do escuro, uma mulher daquela maneira não podia desaparecer, não podia fugir. Não havia fugido. Fora ele. Entre os cães, entre os cachorros. Entre as mulheres que acarinhavam seus cabelos. Agora estava esperto, podia rir, podia abrir os lábios para rir, Rachel é o escuro, a lembrança é o escuro, o escuro é o escuro. Por isso agora podia ver a mãe, aquela Dolores, sentada na janela, se confessando ao mundo, olhando por entre as frestas, ele não falava, não pensava, não se lembrava. Estava decidido: não queria mais nunca se lembrar, não ia se lembrar mais de nada, podia testar. Sim, podia testar, Rachel é o escuro, a lembrança é o escuro, a vida é o escuro.

Eu acho que a mágoa estava dentro do escuro.

Houve um momento, pode confessar que houve um momento, quer dizer, não era um momento tão longe, tão distante de que não pudesse se lembrar, na verdade o instante era agora, agora era a hora de pensar que a mágoa estava dentro do escuro. Dentro do escuro tem de haver alguma coisa, não tem? Se procurar direitinho, não vai encontrar uma coisa no escuro? O problema é que sempre teve medo de escuro, sempre mesmo teve medo de escuro, daí não podia entrar no escuro para encontrar a mágoa, até porque não podia pedir a ajuda de Rachel. Não compreende? Alguém diz que não compreende? Rachel é a mágoa, e ele entra no escuro com ela, ela vai encontrar a mágoa e vai dizer que não é ela. Entende? Ela ia dizer que a mágoa não era ela, e como era que ia ficar. Acreditava ou não acreditava.

Senti a piedade de todas as pessoas. Não importa quem. Até de Rachel, até dos olhos, até de muitas pessoas que nem conhecia. Porque eram pessoas que ele não conhecia, e pessoas que nem o conheciam, mas que eram capazes de causar mágoa nele. Vai perguntar por quê? Quem sabe? Mesmo daquelas pessoas que o magoavam. Ele sentia isso, sabia? Pensando — aquilo mesmo era o que se chamava pensar? Pensava ou lembrava? Se fosse pensar, ainda bem, mas se fosse se lembrar não queria, de forma e maneira. Diziam que ele pensava, está pensando.

Ele é que não, ele que não se convencia e nem precisava disso, pensar era outra coisa, outra coisa que não sabia qual fosse, e nem queria perguntar. Teve vontade, chegou a abrir as pálpebras, mas ela continuava com sono, isso é pensar? Magoada nas pedras, tantas pedras. Um pouco de conversa e ele saberia o que era. Saberia o que era pensar e saberia o que era mágoa. Tinha a impressão de que não sabia. Muita impressão. Mágoa era o coração batendo? E pensar? Pensar era o quê? Você sabe, não sabe, Rachel?

Gemeu, mágoa é fruto, e amargo, pensava.

Era possível que ela estivesse sorrindo, depois de perguntar assim saindo do sono você é a mágoa?, é queria tanto saber, porque sentia, muito, muito mesmo, e se a mágoa era aquilo, Rachel era a mágoa. Dava gosto ficar com ela, ficar perto dela, porque era uma mágoa boa. Tinha mágoa boa, mágoa ruim? Mágoa boa ficava fora do escuro, mágoa ruim ficava dentro do escuro, podia ser? Essa mágoa que ele sentiu quando ficou na ponta dos pés, naquela imensidão de vazio, a imensidão de vazio atravessando a ponte, então ela riu, teve a inesperada sensação de que ela riu. Quer dizer, sorriu. Dessa maneira ela ficou magoada. Eu sei que é isso, eu sei que é assim. Não queria de verdade que ela ficasse sentida, só porque ele ficou na ponta dos pés, a boca aberta, bem aberta, os dentes à mostra, solto no vazio, esperando o peixinho, o peixinho dourado de chocolate. Aí ela riu. Com os lábios, com os olhos. Riso nos olhos é diferente de riso nos lábios. Jamais serão uma coisa só.

Brilhavam os olhos, brilhavam os olhos dela e ele viu. Já estava acostumado a ver olhos. Muito acostumado. E aí ele se esqueceu. Não sabia bem o que aconteceu. Era uma coisa que não sabia. Porque naquele instante subiu pelo corpo dele um calor tão quieto, tão quieto e tão bom, que devia ter se esquecido. Nem sabia até que ponto devia ter subido, subir ainda mais na ponta dos pés, dos pés. Queria fazê-la feliz. E ela estava magoada. Como era que a gente fazia uma pessoa feliz, esquecendo, não é? Na infinita felicidade de esquecer. Só pensava naquilo, só pensava naquilo, só pensava naquilo, embora achasse que já havia esquecido. Nunca queria se lembrar. Se lembrasse seria capaz de não esquecer. Assim as pessoas pensavam, pensamento não era isso? Pensamento era lembrança? Pensamento era mágoa? Não, era preciso pensar o tempo todo. Se pensava o tempo todo, pensava em Rachel, que era ela que era a mágoa. Ela é que era. Mas não queria pensar na mágoa, e se não pensasse na mágoa, não pensava em Rachel. Procurava o esquecimento.

Queria acompanhá-la, queria estar junto, sempre junto. Não precisava sequer de pensamento — pensamento também pode ser felicidade —, nem de sentimento — sentimento pode ser felicidade — nem de mágoa — mágoa também pode ser felicidade. Nada disso, nada daquilo importava, não importaria jamais. Queria andar de sandálias, de alpercatas, no chão duro, de sandálias ou de alpercatas. Sem banhos nem água de nenhuma espécie. Nada disso valia. Nada disso. Só o cheiro de Rachel andando. Andando? Rachel cheia de paciência com o mundo, sempre tinha essa paciência, sempre tivera. Agora quer acompanhá-la.

Mas estavam andando, os dois estavam andando, caminhando. Com aquele jeito de Rachel bater palmas nas casas, naquelas casas baixas, com portas e janelas, e esperar um tempo qualquer, esperar, que a mulher abrisse a porta, a janela, e a portinhola, para que ela estendesse as mãos sujas, as unhas sujas, perguntando quer hoje? Não havia nada enquanto elas não entendiam a pergunta, o pedido. Até que entenderam e começavam a reclamar. Tirada do sono, tirada da pachorra, tirada da mansidão da tarde, para escutar quer hoje? Descobriram o oferecimento, elas se zangavam, os homens não diziam nada, quem era aquela mulher oferecida? Ninguém respondeu. Foram se acostumando. Até o homem querer. Até o homem responder que queria, minha senhora, quer fazer o favor de entrar, tomar um banho, ir para o quarto, por gentileza, minha senhora, que já estou indo. Quer hoje?

Uma pedra, depois nova pedra, depois outra pedra.

Aquilo acontecia? Tanto susto que ele quase adoece. Adoece?, adoece?, ah, sim, adoece. Surgiu de repente — um susto e só. Ele sempre esperava um susto. Sempre esperava. A qualquer momento ia se assustar. Às vezes se assustava só porque se lembrava, queria dizer, se lembrava e nem sabia do que se lembrava. Não faltou um sorriso quando se lembrou que estava esquecendo a lembrança. Do que era que estava se lembrando mesmo? Havia esse esquecimento de imediato. Se lembrava de uma coisa que não sabia do que se lembrava e que mesmo assim era uma lembrança. E perguntava insistente, muito insistente, do que era que estava se lembrando? Por isso era difícil saber, muito difícil mesmo, essa história de pedra. Teve um susto. Mas era sempre assim. Teve um susto e era impossível dizer se havia a pedra ou se havia um susto. Ou a lembrança do susto da pedra. A cabeça dela estava sangrando. Ela quem? Por algum motivo era Rachel. Seria Rachel? Aquela era Rachel? Quem era Rachel?

Uma coisa tão esquisita, sabia? O coração começava a bater, começava a bater e aí acelerava. O coração sempre começa a bater. Aquela sensação de velocidade de coisa que não vai mais parar. Igual à moça que gritava quando sentia um susto. Gritava mesmo. Gritava tanto que era preciso acudi-la. Me disseram que foi assim. Depois a moça era levada para dentro de casa e ninguém ouvia mais nada, ninguém sabia de nada. Também disseram que Rachel não podia ter um susto que gritava. E mesmo esquecendo não era difícil vê-la andando, se protegendo, abaixando-se, colocando a mão na cabeça, protegendo-se num poste. A rua deserta. Não havia gente na calçada. Só de dentro da casa, só de dentro das casas as pedras surgiram. Eram muitas pedras. As pessoas não conseguem lembrar essas coisas. Nem mesmo Rachel.

Lembranças são coisas. Ele sabe. Garante que sabe.

Ela se abaixou, acocorada, dobrada sobre as coxas, dobrando-se. Lenta, lenta, lenta. Daí a pouco estava deitada. Deitada feito mulher que vai parir. Sabe mulher que vai parir? Parir, parir, parir. Sabe? Havia esquecido tanta coisa, muita coisa. Às vezes até o nome. O nome de quem? De Rachel? Rachel era o primeiro nome que desejava esquecer. Percebeu que estava feliz. Nem sabia mesmo o que era estar feliz. Feliz ou magoado. Nem feliz nem magoado. Essa mágoa que se entranha na carne e que a gente nem sabe, nem sabe, nem pergunta, nem indaga, só aquela vontade de lágrima na garganta. Mágoa, sim, toda vez que se lembrasse de mágoa, queria se lembrar de uma fruta escura, sem suco, mas com um sabor bem distante, uma fruta assim que cabe na mão. Sem pensamento, não precisa pensar. Quando ela cobriu a cabeça com os braços, com as mãos, imaginou de verdade que aquele era um instante de pura mágoa. De suco escorrendo pelos cantos do lábios, com alguma coisa de amargo que terminava só um pouco doce. Era assim.

Era sim. Era assim, assim. Era, era, era. Agora se esforçando para dizer, para falar. Até mesmo pensando entortava a boca. Os olhos lacrimejavam. Atônito. Ser feliz não é ser feliz com essa tristeza magoando? Não é assim, não é? Como era que ele saberia, como?, se a mágoa estava ali?

A mágoa, e a tristeza, e a dor. Agora então ficava pensando, ficava pensando enquanto as pedras rareavam, poucas, bem poucas, batendo no poste e zunindo. Uma, depois outra, bem espaçado. Sentia uma coisa esquisita, tão esquisita, esquisita. Não merecia estar feliz se ela não estava feliz. Não queria ser feliz, nem queria se lembrar de felicidade. Felicidade é alfenim. Daquele doce alfenim que fez a mulher largar a cama para comer. De bela e bela. Já está percebendo que é difícil. Esquecimento é uma casca grudada na pele para sempre e sempre — estava sorrindo, estava gargalhando. Havia o olho, ele via, havia o olho, estava espiando pela portinhola aberta de uma janela. Os olhos de cão? Ainda os olhos de cão, ainda. Mas podia perceber com a maior clareza: os olhos sumiam, iam sumindo, lentos, sumindo, mais do que sumindo, se apagando, entrando na casa, se apagando. No escuro, dentro do escuro, agora ia encontrar o segredo do escuro. E se encontrasse a mágoa?

Devia também ele sumir. Sem Rachel. Sem Rachel, bela?; sem Rachel, velha? Sem ela, bela e feia, velha, esquecendo o nome. Fique aí e não me acompanhe. Enfim podia caminhar pelas ruas da cidade, esta cidade tão quente e tão iluminada, para seguir, seguir sempre. Talvez para enterrar fetos. Impressionava-lhe o fato de que os fetos estavam sempre aparecendo em algum lugar. Numa lixeira, ao pé de uma árvore, no monturo. E eram tantos, e eram muitos, e eram demais. Ficaria satisfeito se fosse apenas o pai das criaturinhas de Deus? Esse pai que apenas enterra. Que encontra o filho solto no mundo, desprotegido, e enterra. Se pudesse fazer só isso já estava satisfeito. Todos os dias, todas as noites, todas as madrugadas. Se as mulheres não estavam satisfeitas com os filhos, que os entregassem. Nem precisava, de verdade, que estivessem vivos. Feto já seria um presente, porque ele sentia muita paixão ao enterrá-los. E isso é paixão. Mas estava se lembrando, aquilo é uma lembrança, ele não pode lembrar. Não pode lembrar, não pode pensar, não pode falar. Vai perguntar a Dolores como é que faz isso. Ela disse uma vez na cozinha da casa que gostava de esquecer, sabia esquecer, nem do rosto das pessoas ela se lembrava mais. Por isso é que a mágoa se esconde no escuro. Sabe o que é mágoa, sabe? Sabe o que é mágoa, sabe? Não queira saber, não, esconde dentro do escuro, nunca mais você vai encontrá-la. Andava? Caminhava? Ia embora?

O que significava ir embora? Tinha alguma explicação? Ou não precisa? É assim.

Também por que precisa tanto de entender o significado das coisas? Ora, bobagem. Não precisa. Pronto. Uma coisa não precisa ter significado. E agora está bom, agora está bom, não está? Vai esquecer. Aliás, já esqueceu. Desenhou um mapa branco na cabeça, um mapa bem branco na cabeça, e agora não tinha mais nada para lembrar.

Alívio — era o sentimento que lhe chegava, as pessoas diziam que aquilo era sentimento, e nem podia mentir nem esconder, se aquilo carregava a marca do alívio. Alívio é essa sensação de que a cabeça dorme? Fazia um trato com ele mesmo: aquilo era sentimento, e aquilo era alívio. Não questionaria mais. Ia ficar, desejava mesmo, protegendo Rachel, ninguém seria capaz de protegê-la tanto. Ele era o único. E o único. E o único que podia beijá-la. Naquele momento de sangue. Mas não sei beijar. Rachel não é para ser beijada. Foi bem lento. Aí sentiu que os lábios estavam próximos aos lábios. Não podia. Não devia. Ninguém beija Rachel, ninguém beija, ninguém beija. Bobagem. E era assim que esquecia, era? Era assim, querendo beijar? A boca de Rachel não é de beijar. A boca de Rachel é de esquecer. Já esqueceu o mapa branco na cabeça. Esquece, vai, Alvarenga.

Boca que não se beija. Não era que não pudesse, não era que não devesse. Não nada. Sempre nada. Estavam tão perto. Isso não se faz. Não é boca de beijar. Queria tocar com a mão, com a palma da mão, para limpar o sangue e o suor no rosto dela. Isso não se faz. Bobagem, bobagem. E não podia evitar, é verdade, não podia evitar o cachorro se aproximando, se aproximando, silencioso, aquela água grossa e branca, baba?, cada vez mais se aproximando, e lambendo as feridas. Parado, bem parado. Espiando. Não é boca de beijar. Nem beija, nem beija. Não se beija. Boca de não se beijar.

Decidiu ir embora, está bem assim?, não tinha mais nada que fazer ali. Ir embora significava sair daquele lugar e não aparecer mais em lugar algum. Indo, indo. Levantou-se e caminhou, até porque as pessoas não atiravam mais pedras e talvez uma daquelas mulheres saísse de casa para lhe perguntar quer hoje? Tirou o resto de camisa, aquilo que se parecia com uma camisa, amarfanhada e suja, jogou fora. Olhava para trás. Andando. Mirava-a de longe, a boca, o nariz, os cabelos. E ouvindo a respiração. Ouvira a respiração? Ouvia, ouvia, ouvia. Nem precisava saber se aquilo era respiração, nem precisava. Inútil.

Deviam conversar, os dois, mais tarde, ou não devia?, para quê?, ela dizendo que sabia falar por ele, sempre dizia, sempre, com aquela maneira de falar, de falar. Ia falando. Quer dizer, ela falava o que nem ele sabia, e sabia, às vezes. Ouvindo-a dizer, só gargalhava por dentro. Mas gostava muito. Ela dizia, era verdade. Andava. Ela dizia essas coisas mas com precisão danada. Parecia ter visto tudo. Diferente ainda: parecia ter participado de tudo. Por isso gostava tanto de ouvi-la, gostava. Contando o que ele havia vivido. Ele, Alvarenga, vestido em andrajos, sem camisa. Para quê, hein? Para quê? Para enterrar fetos, para protegê-los. Ia procurar todos os fetos da cidade para que não ficassem, daquela forma, apenas entregue às moscas, aos mosquitos, a tudo. Enterrar fetos era melhor do que se lembrar dela, beija que não se beija.

Atravessou a avenida. Seguiu pela calçada. Tanta gente, tanta gente. Talvez tivesse que estender a mão, não, não faria isso. Deu outra volta e quando olhou estava na praça Chora Menino. Ali não, ali não podia permanecer, sobretudo diante do sobrado. A noite se avizinhava. Ele sabia que a noite se avizinhava quando os prédios começavam a escurecer. Pareciam gigantes colunas de ferro, tendo ao fundo as nuvens densas, já quase sem luz, talvez sem nenhuma luz, nessa passagem áspera entre o dia e a noite. Mudou de direção e subiu, subiu como quem vai para o subúrbio, na direção de nem sabe o quê. Também as árvores, as poucas árvores do Recife, se transformam em espectros, em garras escuras, sem folhas e sem frutos. Não sabia. Não sabia aonde ir. E nem precisava saber. Jamais precisaria. E descalço. Veio uma pequena lembrança de que estava descalço porque o chão ainda continuava quente. Precisava seguir adiante.

Agora as calçadas desertas, o começo da noite deserta, as ruas e o anoitecer desertos. Sem pressa. Assim ele andava, não era? Andava. A calçada esfriando, sinal de que ainda podia caminhar por muito tempo. Caminhando. Batia numa porta? Pedia? Agora só queria beber água. Batia numa porta e pedia água. Negariam? Negariam um copo d'água? Era assim? Só desejava, só. Água de gente, água de cachorro, água de sapato. As pessoas talvez lhe dissessem peça noutra casa. As portas e as janelas fechadas. As pessoas passavam, aquelas pessoas no escuro do anoitecer também passavam, as pessoas ficavam escuras, anoitecidas, sem rosto, sem lábios, só os olhos. Olhos, olhos, olhos. Tomou pressa, quanto mais longe melhor. Bem longe. Onde? Passou por um bar com as portas abertas. Um bar onde as pessoas conversavam, sentadas ou de pé, grupos pequenos, bem pequenos, duas ou três pessoas cada. Não quis entrar. Não queria. As pessoas podiam não gostar dele. E as casas fechadas, portas e janelas. Queria andar. Queria. Era só querer, não era? Espalhou o sorriso. Água de não beijar. Água de beijar.

Se andou, continuou andando, bateu na porta, na porta de uma dessas casas suburbanas que não têm cimento, não têm sala, só tijolos descobertos, e as portas construídas em madeira em lata e papelão. Bateu. Uma, duas, três vezes, bateu. Ninguém atendia. Só a porta se abrindo, ranger, a porta rangia, abrindo-se, se abria. Via pelas frestas uma sala de bancos de madeira e, lá atrás, sem corredor, uma outra porta aberta, porta do quarto. Pouco aberta, é verdade, mas aberta. Abrindo-se? Pediu água. A mulher se voltou, agora é que se lembrava de que era uma mulher, voltou-se, inteira, seios, ventre, coxas, e ele perguntando tem água? Uma pele, uma pele fina molhada, lisa e molhada. E ela sorria, ah, meu Deus, não consigo esquecer nada, a água escorrendo. Tirada da bacia com um copo de flandre. Despiu-se. Tomaram banho em silêncio. Juntos.

Ainda mais um pouco já estava outra vez na rua, vestido, molhado, caminhando. Daí a um tempo tomou um ônibus sem pagar e desceu no centro da cidade, misturando-se à multidão. Alvarenga, ele se chamava, Alvarenga não demorou estava com os mendigos na frente da igreja ornada em ouro e prata, à espera da distribuição de pães. Meninos brincando, meninas lavando o cabelo em poças d'água. Deitou-se, parece que estava cansado. Agora permanecia ali, quieto e pacificado, com aqueles olhos sem brilho, de quem não precisa mais da vida. Não queria dormir nem sonhar. Nem lembrar. Sobretudo isto: não lembrar. Como se faz? Esquece, esquece, esquece. Sentia que estava sorrindo, possuído dessa solidão noturna que oferece silêncio profundo e lenta paciência. Estava quieto, deitado, as mãos apoiando a cabeça, a nuca. Esquecido e só. Nem se lembrava mais.

Água de beber. Água de beijar. Água de esquecer.

Um homem feliz é o quê?

Recife, julho de 2009 a setembro de 2010

Comigo a Natureza Enlouqueceu

Seria uma sombria noite secreta é a primeira narrativa que compõe o tríptico "Comigo a natureza enlouqueceu". Um tríptico, a rigor, representa o conjunto de obras artísticas que trata de um tema único, central, com duas variações. Também enfoca, nas artes plásticas, tradicionalmente, questões religiosas. Mas não é o nosso caso. Aproveitamos apenas a técnica pelo que ela tem de marcante e forte, com os seus desdobramentos e sutilezas. Neste volume procuram-se as sensações e as imagens de dois personagens — Rachel e Alvarenga —, privilegiando, na maioria das vezes, as visões e as metáforas. O mundo interior e caótico que forma a mente desses dois seres atormentados. Noutros dois livros próximos, toma-se o exemplo de quatro personagens — *Breviário das paixões desta vida*, de Conrado e Ana Beatriz, no segundo, e *Chama breve*, de Mariana e Tia Guilhermina, no terceiro, embora os títulos sejam provisórios. Pretende-se, dessa forma, estruturar um painel sobre a condição humana e suas relações, recorrendo-se a técnicas literárias específicas, sem discursos sociopolíticos ou religiosos. Todos os volumes são autônomos.

O BRILHO

AS SOMBRAS

OS SEGREDOS

Este livro foi composto na tipologia Adobe Garamond Pro, em corpo 12/16, e impresso em papel off-white 90g/m^2 no Sistema Cameron da Divisão Gráfica da Distribuidora Record.